もぐら新章

波　　濤

矢月秀作

中央公論新社

目次

もぐら新章　波濤

序章

午前零時を回っていた。

佐東孝彦《さとうたかひこ》は、吉祥寺《きちじょうじ》にある〈那波《ななみ》リゾート〉本社ビルの五階、社長室にいた。

着ていた上着は床の端に放られ、ネクタイも緩み、ワイシャツのボタンは半分ほど飛んでいる。

目元や頬《ほお》は腫《は》れ、口からしぶいた血が白いワイシャツを赤く染めていた。

佐東は傷ついた状態で正座させられていた。

目の前には応接セットがあった。

ソファーには、那波リゾート社長・那波哲人《てつと》、人材派遣会社〈オパール〉の社長・沖谷《おきたに》令子《れいこ》、同じく、人材派遣会社〈ハピマン〉の顧問・生長丈士《いくながたけし》が座っていた。

三人は冷たい目で、佐東を見下ろしている。

佐東は顔を上げられず、太腿《ふともも》に置いた両手を握り締め、震えていた。

「さて、どうしましょうかね、こいつ」

那波は右手の中指に嵌《は》めた金の指輪をいじりながら、佐東を見据えた。

「沈めるか？」

生長がうっすらと笑う。

佐東は首をすくめ、ますます小さくなった。

「まあ、待ちなさいよ、二人とも」

令子は笑みを浮かべて脚を組み、胸下で腕を抱き、佐東を見つめた。

しかし、佐東には、令子の視線が最も恐ろしかった。

佐東は、経済産業省地域経済産業課の職員だった。

転機は三年前。大学の同期の友人に誘われ、財界関係のパーティーに顔を出した時だった。

そこで、人材派遣会社の最大手〈オパール〉を女手一つで築き上げた沖谷令子を紹介された。

小ぎれいなスカートスーツに身を包み、髪をアップにまとめている姿や丁寧《ていねい》な話しぶりは、キャビンアテンダントのようだった。

それでいて、仕事に対する熱意が全身からにじみ出る。

できる女性像そのものだった。

以来、佐東は令子と何度か会食をした。官僚が特定企業の経営者と親密になるのは、あまり褒《ほ》められた話ではないが、彼女の豊富な知識や見識に魅了《みりょう》され、親睦《しんぼく》を深めていった。

そうした中、ある会食で引き合わされたのが、那波と生長だった。

その時は四人の会食で、令子はいつにもまして饒舌《じょうぜつ》にビジネスについて語っていた。機嫌がよかったのか、従業員に頼み、四人で写真も撮《と》った。

会食が進み、食事が終わる頃に令子が口にしたのが、沖縄県北部にテーマパークを建設する構想が具体化しているという話だった。

それは、佐東の耳にも入っていた。

沖縄振興局が進めている地域振興計画で、土地接収の目途《めど》もつき、近々、コンペと入札が行なわれるだろうという話だ。

佐東も詳細は知らなかったが、令子は的確な情報を得ていた。

その情報の出所が、与党の衆議院議員・千賀理《せんがおさむ》だということも明かした。

千賀は当選三回の議員で、現在五十七歳。経済産業大臣政務官や内閣府の沖縄及び北方対策担当大臣政務官などを務め、次世代のホープの一人と目されていた。

だが、度重なる失言がマスコミに取り沙汰《とざた》され、国民からの人気も凋落《ちょうらく》し、今では役職もなく、一議員に甘んじている。

令子はそこまで裏情報を明かしたのち、こう切り出した。

私たちでグループを組んで、このテーマパーク構想に参画しましょう、と。

正直、まずい会食に同席したと思った。

令子が、自分に何を望んでいるのか気づいたからだ。

佐東は、この計画に直接絡んでいないものの、情報を知り得る立場にいる。

つまり、入札価格を調べてこいということだった。

佐東は、やんわりと距離を置いて、令子たちから離れるつもりだった。

が、そうはいかなかった。

生長が〈波島組《はじまぐみ》〉の組長だと聞かされたからだ。

表向きは人材派遣会社の顧問だが、〈ハピマン〉という会社は、実は生長の企業舎弟《しゃてい》が経営するフロント企業だと知らされた。

会食の途中に写真を撮ったのは、そういう意味だった。

生長が現役のヤクザだと知れれば、そこに同席していた佐東は確実に出世の目が絶たれる。省内での立場もなくなり、官僚を辞めざるを得なくなるだろう。

公務員にとって、反社会的勢力との付き合いは致命的だ。

もっと慎重になるべきだったが、時すでに遅し。令子たちの計画に乗るしかなかった。

佐東は沖縄北部で進むテーマパーク建設構想の情報を集め、テーマパーク内に建設されるホテルの落札金額をほぼ間違いないところまでつかんだ。

令子たちは、那波リゾートを中心としたグループを作り、このホテル建設と経営に関する権利を落札しようと奔走《ほんそう》した。

そして、一般競争入札の日を迎えた。

佐東は、これまでの経験からみて、負けるにしても、入札金額の誤差は十万単位だろうと踏んでいた。

だが、いざ、ふたを開けてみると、落札者の最低価格とは五千万円もの開きがあった。

当然、那波リゾートグループは落札できず、テーマパーク建設への参画は霧消《むしょう》した。

佐東は、あまりの開きを不審に思い、調べてみた。

原因は単純なものだった。

警察から公募自治体の担当者に、生長がグループと関わりを持っている可能性があるとの情報がもたらされていた。

その生長が入っている那波リゾートグループは、はなから落札対象者ではなかった。

しかし、疑いだけで一般競争入札から締め出すのは、人権問題にもかかわる。

そこで、担当者は偽の入札価格をオフレコで流した。その情報が佐東の耳に届いただけのことだ。

そして、その情報が確度の高いものだと思い、令子たちに伝えていた。

大失態だった。

佐東は、ほとぼりが冷めるまで、家族を連れて海外へ逃げる決意を固めた。

が、その矢先、生長の会社の従業員に捕らえられ、那波リゾート本社の社長室まで連れて来られた。

部屋へ入るなり、暴行を受けた。

生長の部下にしこたま殴られた後、三人の前に正座させられた。

もう二時間になる。脚は痺《しび》れて、感覚を失っていた。

令子が口を開いた。

「佐東さん。今回の入札には三億円ほど使っているんですよ。けど、落札できなかったので、丸々の損失。どうなさるおつもりで？」

切れ長の目で佐東を見据える。

「それは……」

佐東はうなだれた。

「保険金で返してもらおうかしら」

令子の言葉に、佐東の息が詰まった。

シャレにならない。汗ばんだ手のひらを何度も握り締める。

と、令子が笑い声を立てた。

「冗談よ。名誉挽回のチャンスがあるの。当然、手伝ってくれるわね？」

令子が言った。

話の中身はさっぱりわからないが、首を縦に振るしかなかった。

「ありがとう」

「チャンスとは、なんですか？」

那波が訊いた。

「実は、先生からもう一つ、お話をいただいているの。南部開発」

「南部か……」

生長が渋い顔をした。

「どこだ？」

令子に訊《き》く。

令子は生長に顔を向けた。

「糸満《いとまん》市の真栄里《まえざと》から名城《なしろ》の一区画。エージナ島を中心に一大リゾートを建設する計画よ。けど、問題が二つあるの。一つは、この区画の一部が沖縄戦跡国定公園に指定されていること」

「許可がいりますね」

那波の言葉に、令子が頷《うなず》く。

「ただ、こっちの問題は、先生が地元議員の協力も仰いで、交渉を進めてくださってる。もう一つは地元住民の反対運動。どこからか開発の噂《うわさ》が流れて、すでに一部住民の反対運動が始まってる」

「なぜです？」

「エージナ島には御嶽《うたき》があるの。御嶽は沖縄の人たちにとって神聖な場所。そんな場所を観光地にして儲《もう》けようなんて、地元の人にとっては耐えられないことよね」

「でも、沖谷さんが信仰に関係しているわけではないでしょう？」

「私は神なんて信じないから」

令子が嘲笑《ちょうしょう》する。

「だったら、住民をねじ伏せてしまえば済む話じゃないですか」

「簡単じゃねえんだ」

生長が口を開いた。

「反対住民の中には、喜屋武《きやん》の人間もいるんだろ？」

生長が訊く。

「そういうこと」

令子はため息をついた。

「なんですか、喜屋武の人間って？」

「おまえ、リゾート会社の社長やってて、喜屋武も知らねえのか。沖縄のヤクザは、内地とはまるで違うんだが、その中でも喜屋武の連中は別格だ。ケンカに勝つためなら、バズーカまで持ち出してくる」

「日本でですか？」

那波は目を丸くした。

「日本だろうがよ、沖縄は」

生長は那波を睨《にら》んだ。

「国定公園内の許可はなんとかなりそうだけど、土地を接収できなければ、水泡《すいほう》に帰す話。でも、うまくいけば、私たちで利益を独占できる。賭《か》けてみる価値はあるんじゃないかしら？」

「だから、簡単に言うなよ」

生長は腕を組んで唸《うな》った。

うつむいたまま話を聞いていた佐東も、浮かない表情を滲《にじ》ませた。

沖縄南部の風土や喜屋武岬周辺の人々のことは、噂に聞いていた。

彼らは地元意識が強く、よそ者が自分たちの土地を荒らすことを許さない。台風で道に倒れたサトウキビを一本盗んだために、車ごと破壊されたなどという噂も、まことしやかにささやかれていた。

近年は、喜屋武岬までの道も整備され、観光地としても認知されているので、昔ほど閉鎖的ではないものの、地場産業の中心がサトウキビやマンゴーの栽培であることに変わりはない。

激戦を潜《くぐ》り抜《ぬ》けた先祖たちが代々守ってきた土地や畑を軽々しく手放す者はいないだろうし、御嶽を観光資源にすることもないだろう。

確かに、沖縄県が観光を収入のメインに掲げるならば、南部地域の開発も必須だ。北部の開発が進む中、このままでは南北格差が生まれる。

おそらく、千賀は、南北格差を解消し、県全体の経済を活性化して底上げするとともに、基地問題解決の糸口を提示しようとしているに違いない。

それができれば、政治家として復権を果たすことにもなるからだ。

官僚の立場から見て、その目の付け所は悪くないと思うが、同時に、実現には相当の時間がかかる話だとも感じた。

強引に事を推し進めれば、衝突は必至《ひっし》。それは逆に、沖縄の経済振興を大きく遅らせることにもなりかねない。

今、唯一の救いは、力業《ちからわざ》を請け負う生長が躊躇《ちゅうちょ》していることだ。

生長が強硬策をあきらめれば、少なくとも住民との話し合いで事を進めることになる。

長丁場になろうと、地元住民と何度も意見交換をし、ゆっくり進めていくのが、南部開発を成功に導く唯一の方策だ。

佐東は、生長が断念することを願っていた。

が――。

「ヤツをあててみるか」

生長が腕を解いて、太腿をパンと叩《たた》いた。

佐東の肩がびくりと弾《はず》む。

「誰です？」

那波が訊く。

「座間味《ざまみ》にいた男だ。凶暴なヤツでな。出てくるたびに敵対する組織の頭《かしら》や幹部の首を獲《と》るようなヤツだ。今、殺人で服役しているが、そろそろ出てくる」

「おもしろそうね」

令子がほくそ笑む。

「しかし、座間味組は解散したはずでは？」

那波が言った。

「だから、おもしれえんじゃねえか。ヤツはまだ、組がなくなったことを知らねえ。適当に吹き込みゃあ、怒り狂って暴れるだろうよ。そうなると、死人は出るかもしれねえが、かまわねえな、沖谷」

「大事を成す過程で、犠牲が出るのは致し方ないことですから」

「こっちも沖縄の件じゃ、煮《に》えくり返ってるからよ。存分にやらせてもらうぞ」

「仕事に全力で取り組むのは、とてもいいことだと思うわ」

令子が言う。

生長の両眼がぎらりと光る。

「じゃあ、リゾート開発計画は私と那波さんで進めておくから、お願いね。佐東さん」

声をかけられ、佐東は身を強《こわ》ばらせた。

「そういうことだから、出番が来るまでは、しっかりと省内で働いていてくださいね。今度逃げようとしたら、暴行程度では済みませんよ。自殺もやめてくださいね。あなたの親族郎党を処分しなきゃならなくなる。それは面倒だから。お願いしますね」

令子は業務命令のように淡々と話す。

佐東は深くうなだれ、太腿に置いた拳《こぶし》を握り締め、憤《いきどお》りと恐怖に震えた。

第一章

1

十月半ばの連休、安達竜星《あだちりゅうせい》は東京へ来ていた。志望している大学が複数、オープンキャンパスを開催していたからだ。

竜星は各校に出向いて学内を見て回り、雰囲気をつかんで、夕方ごろ、ＪＲ中央線武蔵《むさし》境《さかい》駅に戻ってきた。かえで通りをゆっくりと歩き、住宅地に入った。

煉瓦《れんが》調の壁の瀟洒《しょうしゃ》な戸建ての前で止まり、インターホンを押す。

――はーい、ちょっと待ってね。

はつらつとした女性の声が聞こえてきた。

まもなく鍵が外され、木目調のドアが開く。

益尾愛理《ますおあいり》が顔を出した。

「おかえり、竜星君」

笑顔で招き入れる。

竜星は会釈《えしゃく》をして、中へ入った。きれいに掃除された玄関を上がり、手前のリビングに入る。

リビングのテーブルには、ショートカットで陽《ひ》に灼《や》けたジャージ姿の女の子がいた。

「あ、おかえり」

竜星に笑顔を向ける。

益尾の娘・木乃花《このか》だ。十二歳、今年中学一年生になった。愛理に似て、小顔で目が大きく、すらっとした美少女だ。

竜星とは小さなころから面識があり、兄妹のような関係だった。

「ただいま」

竜星は木乃花に笑顔を返し、歩み寄る。テーブルには教科書とノートが広がっていた。

「何してるんだ？」

「数学。もー、わかんなくて、死にそう」

「何がわからないんだ？」

竜星は隣の椅子《いす》に座った。

「このさあ、変数《へんすう》とか変域《へんいき》ってなんなのよ。わけわかんない」

木乃花はため息をついて、シャープペンシルをノートの上に放った。

「木乃花、ちゃんとしなさい！　今、理解しないと、ついていけなくなるよ！」

「何よ。お母さんだって、中学の時なんか、ろくに勉強してなかったんでしょ」

「そうよ」

愛理はすんなりと認めた。

「だからこそ、今の時期に何をしなきゃいけないのか、よくわかってる」

まっすぐ娘を見つめる。

木乃花は返せなくなり、目を逸《そ》らした。

少し気まずい空気が流れる。

竜星は木乃花が放ったシャープペンシルを手に取った。

「木乃花ちゃん。数学がわからなくなるのは、ほとんどが数学用語と数学記号についていけなくなるからなんだ」

教え始める。

木乃花は竜星の手元に目を向けた。

「変数というのは、変わる数。変域というのは、数が変わる範囲のこと。木乃花ちゃん、短距離走をやってるよね」

「うん」

「百メートル走のラインがこれだとするよね」

竜星は線を一本引っ張った。

「ここは？」

スタート地点を指す。

「0」

「うん、そうだね」

0を書き込む。

「じゃあ、ここは？」

ゴールを指す。

「100」

「そうそう」

頷きながら、100と数字を書き込んだ。

「じゃあ、ここからここまでは何から何となる？」

シャープペンシルの先でスタートとゴールを交互に指した。

「0から……100？」

木乃花が自信なさげに答える。

「そういうこと。でも、100より先はないよね？　だから、数が変わる範囲は0から1

００となる。これが変域ね。で、木乃花ちゃんはこの１００メートルのラインの間、何メートル走るかわからないとしよう。その何メートルの〝何〟を x とする。この x が変わる数。変数というやつ。木乃花ちゃんが３０メートル走れば、x ＝３０となるし、５０メートル走れば、x ＝５０となる。　走らなければ？」

「 x ＝０？」

「正解」

竜星が言うと、木乃花の顔に笑みがこぼれた。

初めは椅子の背にもたれていた木乃花も、いつしか身を乗り出していた。

「じゃあ、x がなり得る数字は、いくつからいくつかな？」

「０から１００だよね」

「そう。１００より先も０の手前もないからね。それを式で表わすと、０≦ x ≦１００となる。０〜 x 〜１００と考えとくといいよ。この≦記号に＝があるかないかは、０とか１００が入るか入らないかだけのこと。わかったかな？」

「うん、なんかわかった！」

木乃花がうれしそうに言った。

「数学だからって身構えると難しくなるんだけど、用語も記号も自分のわかりやすい言葉に置き換えちゃえばいいんだよ。そうすれば、理解できるようになるから。ついでだから、他の問題もやってみて」

竜星が言う。

木乃花は宿題を再開した。先ほどとは打って変わって、すらすらと解き始める。

横で木乃花の手元を見ていると、愛理が紅茶を持ってきた。

「どうぞ」

カップを手前に置く。

「いただきます」

竜星は上体を起こし、カップを取って紅茶を啜《すす》った。甘くてほろ苦い薫《かお》りが鼻に抜ける。

「教え方、上手だね。先生になるといいんじゃない？」

「竜星君が担任なら、がんばって勉強するよ！」

木乃花が顔を上げる。

「あんたは、誰が担任でもがんばりなさい！」

愛理がピシッと言う。

木乃花はふくれっ面をしながらも、宿題を続けた。

竜星が微笑《ほほえ》む。

「疲れたでしょ。部屋で適当に休んでね。徹《とおる》君、今日は早く帰ってくると言ってたから」

「ありがとうございます」

竜星は会釈し、木乃花の勉強を見守った。


「じゃあ、先に寝るね」

風呂上がりの愛理は、リビングにいる益尾と竜星に声をかけた。

「おやすみなさい」

竜星が言う。

愛理は笑顔を向け、二階へ上がっていった。寝室のドアが閉まる音が聞こえた。

静かになる。

午後十一時を回ったところだった。

「もう十一時か。遅くまで付き合わせたね」

「いえ。普段はまだ起きていますから」

「そうか。がんばるなあ」

益尾は笑みを覗《のぞ》かせた。

さっきまで、食事を終えた後、愛理や木乃花も含めて、あれこれ話していた。

そのうち、木乃花が自室に引っ込み、愛理も片づけを済ませて風呂に入って床に就《つ》き、
益尾と二人になった。

「やはり、東京の大学はあきらめるのか？」

　益尾が訊いた。

「はい。いろいろ回ってみたけど、特に東京へ出る必要はないかなと思って」

「金の話じゃないのか？」

　益尾は二人きりになり、忌憚《きたん》なく切り出した。

　竜星は一瞬、口を噤《つぐ》んだ。手元のカップに視線を落とし、やおら顔を上げる。

「正直、それもあります」

「君なら、給付型の奨学金も取れるだろうし、学費免除の特待生《とくたいせい》にもなれる。そうした道を考えてもいいんじゃないか？」

「学費はただになっても、東京はやっぱり生活費がかかりすぎます。さすがに、母さんにそれを負担させるのは心苦しい。母さんの勤め先も、今大変みたいで、これ以上苦労かけたくないし。楢《なら》さんや節子《せっこ》さんが援助してくれるというんだけど、それもなんだかしのびなくて……」

　竜星はぬるくなった紅茶を口に含んだ。ゆっくりと飲み込む。

「うちに下宿してもかまわんぞ」

「それも遠慮します」

「居心地悪いか？」

「いえ、ここは落ち着きます。けど、住むとなると話は別です。生活リズムの違いはお互いストレスになるでしょうし、木乃花ちゃんも思春期だから、いろいろ思うところも出てくるでしょうし」

「君は大人だな」

益尾が微笑む。

「もっと周りを頼っていいんだぞ」

「これまで、たくさんの人にお世話になりました。だから、高校を卒業したら、自分のことは自分でしたいと思って。それに、頼らないことで見えてくるものもあるのかな、と」

竜星がふっと遠い目を見せた。

「竜司《りゅうじ》さんか？」

益尾は感じたまま訊いた。

「それもあるのかな。わかりませんけど」

竜星は言葉を濁《にご》し、紅茶を飲んで立ち上がった。

「ごちそうさまでした。僕も寝ます」

「ああ、お疲れさん。明日、何時に出るんだ？」

「十時には出ようと思っています」

「そうか。僕は仕事で先に出るから、紗由美《さゆみ》さんや楢山《ならやま》さんによろしく言っておいてくれ」

「はい。おやすみなさい」

竜星は階段を上がっていった。

益尾は竜星の残像を見つめた。

「やっぱり、竜司さんの影は濃いな」

独《ひと》り言《ご》ち、微笑んだ。

2

「真昌《しんしょう》！　もう、終わりか！」

金武《きん》の道場の指導者の一人、島袋《しまぶくろ》の声が響いた。

「まだまだ！」

倒れていた安里《あさと》真昌は立ち上がって構え、島袋を見据えた。

すぐさま、左右の突きを繰り出し、間髪《かんはつ》を容《い》れず、右上段蹴りを放つ。

島袋は真昌の攻撃を見切り、うまく防御している。

それでも真昌は、前へ前へと攻め手を止めなかった。

真昌は、竜星が一人で座間味組に殴り込んだという話を聞き、楢山や金武と共に乱闘現場に乗り込んだ。

現場は、銃弾飛び交い、刃物が舞う修羅場《しゅらば》だった。

楢山や金武、道場で指導を行なっている島袋たちは、一歩間違えば死は免《まぬが》れない状況を前にしても臆《おく》さず、突っ込んでいった。

が、真昌自身は、勢い込んで出向いたものの、あまりの殺気と怒号《どごう》に怯《ひる》み、踏み込む足を止めた。

親友の一大事であることはわかっていながらも、恐くて、足が動かなかった。

その後、他の仲間も入っていったので、合わせるように中へ飛び込んだ。

そこから先のことは、よく覚えていない。

夢中で敵を倒し、竜星の姿を探して、奥へ奥へと進んだ。

騒動が収まり、竜星と共に渡久地《とくち》巌《いわお》を抱えて外へ出る時、周りの状況を見て、再び恐怖が込み上げてきて、震えた。

それに気づいた巌は、怖いのは当たり前だと言い、よくがんばったと褒めてくれた。

巌のような伝説の男に褒めてもらえたことはうれしかった。が、一方で、いざという時に怯んだ自分が情けなかった。

自分がもう少し強ければ——。

その思いが、真昌を稽古《けいこ》へ向かわせていた。

「おら、もっとこい！」

島袋が挑発する。

「うりゃあああ！」

真昌は道場に響くほどの声を張り上げ、突きと蹴りを繰り出した。息が上がり、口が少し開く。それでも攻撃を止めない。

攻撃に押され下がっていた島袋が足を止めた。そして、腰をひねり、右上段蹴りを放った。

真昌は左顔面の横にクロスした腕を立てた。

瞬間、島袋は右脚を下ろし、左前蹴りを放った。避けられない。

島袋の足底《そくてい》が真昌の腹部にめり込んだ。

真昌は息を詰め、よろよろと後退して、そのまま尻もちをつき、腹を押さえて咳《せ》き込《こ》んだ。

それでも右手をついて、立ち上がろうとする。

金武が声をかけた。

「よし、今日はここまで！」

組み手をしていた者たちが動きを止めた。互いに礼をし、それぞれ道場の隅に行き、帰宅の準備を始める。

真昌はその場に座り込んだ。あぐらをかいてうなだれ、両肩を上下させて息を継ぐ。

檜山が杖《つえ》を突いて歩み寄った。真昌の横に座る。

「ほら、飲め」

タオルと共に、スポーツドリンクのペットボトルを渡す。

「ありがとうございます」

真昌は受け取り、ドリンクをぐびぐびと飲んだ。大きく息をついて、タオルで顔に噴き出した汗を拭《ぬぐ》った。

「檜山さん……」

「なんだ？」

「オレ、格闘技の才能ないんですかね」

真昌はペットボトルを握り、うなだれた。

「才能という点では普通だな。体が大きいわけでもないし、人一倍俊敏《しゅんびん》なわけでもない」

「やっぱ、そうですよね……」

「おまえ、誰と比べてんだ？」

檜山が訊く。

「竜星とか、益尾さんとか。檜山さんや金武先生も」

「おまえはバカか」

檜山は笑った。

「笑わねえでくださいよ！」

真昌がふくれっ面で睨む。

「笑わいでか。俺や金武とは体格が違いすぎる。竜星はおまえも知っての通り、センスの塊《かたまり》だ。比べたって仕方ねえだろう。ただ、益尾はちょっと違うかな」

「益尾さんが？　あの人もセンスの塊じゃねえですか」

「まあ、センスがないとは言わんが、あいつこそ、努力の賜物《たまもの》だ」

「益尾さんが努力の人？」

「ああ。初めて会った時は、おまえよりひょろっとしてた。竜司に一喝《いっかつ》されりゃ、ビビって動けなくなるほど小心者《しょうしんもの》だった。けどな。あるきっかけで変わった」

「なんなんですか？」

真昌が身を乗り出す。

「死にかけたんだよ。犯罪者に一人で向かっていってな」

檜山は、益尾が無謀にも一人で自衛隊上がりの犯人にかかっていき、刺され、集中治療室で生死を彷徨《さまよ》った時のことを思い出していた。

「すげえ……」

「すごくねえよ。自分でなんとかしなきゃならないと意気込んだところまでは褒めてやるが、そこから先の選択は無謀。力の差は歴然だったのに、あいつはかかっていった。で、死にかけた」

楢山が遠くを見ながら話す。

「それからだな。あいつが本気で強くなろうと鍛《きた》え始めたのは。今もあいつの中での修業は続いているようだ」

やおら、真昌に目を戻した。

「おまえ、こないだの出入り、ビビって、足が止まったろ？」

「……はい」

真昌がうつむく。

楢山が背中を叩いた。

「それでいいんだ」

あまりの力に、真昌が息を詰める。

「あんな乱闘場はな。普通に生きてりゃ、遭遇《そうぐう》しない。できれば、遭遇しない方がいい場面だ。本物の刃物や銃が襲《おそ》ってくるなんてこと、想像もできないだろう？」

「そうですね。せめて、ケンカでナイフが出てくるくらいで。銃はねえっす」

「おまえの本能が危険を察知したんだ。だから足が止まった。それでいい。危険を承知で突っ込んでいくのは勇気でもなんでもない。足が止まったら、どんな危険が待ち受けているのかを瞬時に考える。その上で、突っ込むか退《しりぞ》くかを決断する。おまえはそれを肌身《はだみ》で経験した。この経験をしっかり生かして、今のように本気で稽古を続けていれば、益尾にはなれる」

「マジっすか！」

「道のりは長《なげ》えがな。がんばれ」

「はい！」

顔が輝く。真昌は立ち上がって自分の荷物を置いているところまで走り、着替え始めた。

「単純なヤツだな」

楢山は苦笑し、立ち上がった。

金武に歩み寄る。

「何を話してたんですか？」

「才能がどうのこうの言うもんでな。益尾の話をしてやった」

「そりゃいいですね。真昌には励みになるでしょう」

事情を知る金武は深く頷いた。

「楢さん、ちょっといいですか？」

「ああ」

金武に誘われるまま、道場長の部屋へ入る。普段は事務方の人間もいるが、今は二人だけだった。

金武はドアを閉め、空いた席に促《うなが》した。楢山は腰かけ、杖をデスクに立てかけた。椅子がガタッと傾き、とっさにデスクを握る。

「立てつけが悪いな、この事務所はよ」

楢山は体勢を立て直し、下を見やる。

「いや、そういうわけじゃないんですよ、そこ」

「何かあるのか？」

「ちょっとした抜け道です。０番地でロシアの連中に襲われて以来、避難路みたいなのがないと落ち着かなくて」

「何十年前の話だ？　竜司が生きてた時のことじゃねえか」

「そうなんですけどね。念には念をってことで」

「借金取りから逃げるためじゃねえのか？」

「借金はありませんよ」

笑いながら、金武が斜め左の席に腰を下ろした。少しドアの方を見やり、顔を楢山に向ける。

「さっき、県警の比嘉《ひが》さんから連絡があったんです」

「組対《そたい》の比嘉か？　なんだ？」

「綱村啓道《つなむらけいどう》が近々出てくるそうなんです」

金武が言う。

「誰だ、そりゃ？」

楢山が訊いた。

「座間味組の組員です。楢山さんがこっちへ来る前に殺人事件を起こして、二十年近く服役していましたが、刑期満了で出てくるようなんです」

「座間味か……。どんなヤツだ？」

「まあ、ヤクザらしいヤクザです。納得いかなければ、暴力でカタをつける。逆《さか》らう者にも容赦《ようしゃ》はない。わかりやすい男ですが」

「凶暴そのものか？」

楢山の問いに、金武が頷く。

「比嘉さんの話では、座間味が解散したことはまだ、綱村の耳には入っていないそうです」

「知れば暴れるかもしれないということか……」

「間違いないでしょうね。座間味の復活はともかく、潰《つぶ》した人間にはケジメをつけようとするでしょう」

「それで、比嘉は連絡してきたというわけか」

「そういうことです」

金武が真顔で言う。

「比嘉さんは、ヤツの動きは監視すると言っています。一応、うちの連中にも警戒はさせておきますが」

「竜星か？」

「はい。あいつは、巌の次に単身で乗り込んでますから、残党《ざんとう》から綱村の耳には入るでしょう」

「そっちは俺が気をつけておく」

「お願いします」

金武が言う。

楢山の眉間《みけん》に皺《しわ》が寄った。

3

沖縄でタクシードライバーをしている内間孝行《うちまたかゆき》は、休日に大分刑務所を訪れた。

窓口で面会手続きをし、施設職員と共に面会室へ向かう。職員が面会室のドアを開けた。

「こちらでお待ちください」

「どうも」

会釈して中へ入る。

アクリル板に隔《へだ》てられた狭い部屋に入り、椅子に座って待つ。五分ほどして、対面の部屋のドアが開いた。

渡久地巌が入ってきた。ドアの前で手錠《てじょう》を外される。

「面会が終わったら、ブザーで知らせるように」

「わかりました」

巌は頭を下げ、中へ入った。後ろのドアが閉まる。

巌が対面に座った。

「久しぶりだな。まだ、タクシー転《ころ》がしてんのか？」

「運転くらいしか取《と》り柄《え》がねえもんで」

内間が笑みを覗かせる。

「巌さんも元気そうですね」

「規則正しい生活しているからな。それだけで健康になる」

「丸刈りもイケてますね」

「楽でいいぞ、坊主は。おまえもどうだ？」

巌が頭をさする。

「いや、俺は頭の形が悪いんで」

苦笑する。

「頼んだ本は持ってきてくれたか?」

「はい。なんたら経済学とか法律関係の本ですよね。楢山さんに渡された本、差し入れしときました」

「楢さんに礼を言っておいてくれ」

「はい。でも、びっくりです。巌さんが、何やら小難しい本を読むようになるなんて」

「暇《ひま》だからな、この中は」

ちらりと後ろを見やる。

渡久地巌は、渋谷で裏カジノを管理していた件や沖縄での放火、座間味組での殺傷などで、七年の禁固刑を言い渡され、大分刑務所に収監されていた。

大分刑務所は、九州一円の刑務所を管轄する福岡矯正《きょうせい》管区で唯一、禁固刑の受刑者を受け入れている施設だ。

巌の経歴と罪状を鑑《かんが》みると、十年を越える懲役刑で、犯罪傾向の進んでいる者が入るLB区分の刑務所に送られてもおかしくはなかったのだが、波島組の資金源の解明に貢献したこと、本人が反社会的勢力との関係を断《た》つ決意が固かったことなどが考慮され、禁固七年の刑となった。

収監後は、楢山と金武が時々顔を出している。

　今日は楢山も金武も用事があったので、代理で内間が面会に来ていた。

「それにな、内間。やっぱ、バカじゃいけねえと思ったんだよ」

「なぜですか？」

「バカだと使われるだけ。勉強できるヤツが賢いとも思わねえんだが、裏の世界で頭を張ってる連中は、少なくともバカじゃなかった。で、使われてる連中は総じてバカだった。俺が言うバカってのは、自分の頭で考えようとしない連中のことだ。なぜ、そうした連中が、自分で考えることをやめるかわかるか？」

「いや……」

「考える土台がねえからよ。難しい言葉つかわれりゃ、そこで思考を停止する。複雑で面倒な話が出てくりゃ、考えるのをやめて成《な》り行《ゆ》き任せ。で、こいつに頼る」

　巌は拳を握った。

「巌さんはバカじゃないじゃないですか。しっかりいろんなこと考えて動いてますよ、いつだって」

「そう言ってくれるのはうれしいが、買いかぶりだ。賢けりゃ、もっとまともに生きてた」

　巌は自嘲《じちょう》した。

「暇はたっぷりあるからな。いろんな本を読んで、少しは考えられる自分になるよ」

「前を向いてる巌さん、かっこいいっす」

内間は笑顔を見せた。が、すぐ真顔になる。

「どうした？」

巌が問いかけた。

内間はうつむいた。そして、大きく息をつき、顔を上げた。

「まともな道に進もうとしてる巌さんに、こんなこと伝えたくないんですけど、耳に入っちまったもんで……」

「言ってみろ」

巌は笑みを見せ、促した。

「啓道さんが戻ってきます」

内間が言った。

巌の顔から笑みが消える。

「出てくんのか、あの人が……」

眉間に皺が立つ。

巌も内間も、綱村が逮捕された当時はまだ子供で、直接会ったことはない。

が、座間味の綱村がどういう男かは、周りの大人たちから聞かされていた。

綱村は流れ者だった。出身は北陸の方だと聞いている。

沖縄にたどり着いた綱村は、那覇市の繁華街松山《まつやま》で派手な乱闘事件を起こした。

本来なら、当時松山を仕切っていた座間味組の事務所に連れていかれ、半殺しの目に遭うところだが、組長になったばかりの古謝《こしゃ》が度胸と腕っぷしをたいそう気に入り、組に迎え入れた。

それに恩義を感じた綱村は、組内に武闘派を結成し、近隣の敵や内地から出張《でば》ってくる組織の人間を片っ端から叩きのめした。

その強さは人間離れしたものだった。全身二十ヶ所を刺されながら、数十名の敵を半殺しにしたなどという化け物じみた伝説すらある。

綱村が沖縄から姿を消したのは、二十年前のこと。対立していた暴力団のマンション事務所に殴り込んだ際、相手が一般住民を盾《たて》に使い、綱村たちの襲撃を逃れようとした。

が、怒り狂った綱村は、一般住民の壁を突破し、抗争相手を組ごと殲滅《せんめつ》した。

沖縄県警は、一般市民にまで犠牲者が出たことを重く見て、綱村とその仲間を一斉検挙した。

そして、首謀者とされた綱村は、懲役十九年の実刑判決を受け、収監された。

他の綱村一派の者たちも懲役刑となったことで、座間味組内から過激な武闘派は一掃《いっそう》された。

隆盛を誇《ほこ》っていた座間味組は、その後、警察と敵対組織から切り崩され、徐々に力を失った。

い、縮小した。

「啓道さん、まだ座間味がなくなったことを知らないらしいんですよ」

　内間が言う。

「まずいな、そりゃ……」

　巌が拳を握る。

「内間。手を煩《わずら》わせてすまねえが、俺は何もできねえ。昔の仲間に声かけて、竜星と真昌をそれとなく警護してくれないか」

「そっちは、楢山さんと金武さんが引き受けるみたいですよ」

「そうだろうが、どんなに万全でも穴はあるもんだ。警戒の目は多いほうがいい」

「わかりました。巌さんも気をつけてくださいね」

「俺は箱の中だ」

「そうですけど、相手は啓道さんです。どんな手を使ってくるか、わからねえ」

「そうだな。気をつけておくよ」

　巌は内間を見つめ、強く頷いた。

4

午前十時に三鷹《みたか》市の益尾の家を出た竜星は、午後四時を回った頃、沖縄の自宅マンションに着いた。

「おかえりー」

奥から、母の声が聞こえてきた。

竜星は自室にリュックを置いて、リビングに行った。右手のキッチンでは、母の紗由美と古谷《ふるや》節子が夕食を作っていた。

竜星はキッチンに入り、冷蔵庫から冷えたさんぴん茶を出して、コップに注いだ。

「母さん、今日は早いね」

「ちょっといろいろあってね。益尾君たち、元気だった?」

「うん、愛理さんも木乃花ちゃんも元気だよ。益尾さんが、母さんたちによろしくって」

「あとで電話しておく」

紗由美は言い、料理に戻った。

鍋から甘い醬油《しょうゆ》と香ばしい肉の匂いがしている。今日はラフテーのようだ。

ラフテーは豚の三枚肉を泡盛《あわもり》や醬油、黒砂糖で甘辛く煮詰めたもので、角煮《かくに》のようなものだ。ごはんのおかずにもなるし、ソーキそばに載せてもおいしい。竜星の好物だった。

竜星はリビングに座り、テーブルにあるサーターアンダギーを一つ摘《つ》まんだ。カリッとした表面と中のスポンジを嚙みしめると、黒砂糖の甘味がにじみ出る。それをさんぴん茶で流す。爽《さわ》やかな甘さが口の中いっぱいに広がった。

くつろいでいると、紗由美が手を止めて、リビングに来た。竜星の対面に座り、サーターアンダギーを摘まむ。

「会社で何かあったん？」

「うちの会社が新しい部門を創設することになってね。そっちに行かないかと言われてるのよ」

「どんな部門？」

「サービス業の人材派遣。主にホテルの従業員を手配する部署なんだけど、そこの創設スタッフに入ってほしいと言われてるのよ」

紗由美が話す。

今、沖縄県は観光客の増加を受けて、本島だけでなく、離島まで観光用ホテルの建設やリフォームのラッシュを迎えている。

再開発やインフラ整備は、建設労働者不足が叫ばれる中でも順調に進んでいる。が、深刻なのは、できたホテルで働く従業員の不足だ。

リゾートを売りにしたホテルで重要視されるのは質の高い従業員だが、そうした人材はすでに取り合いになっている。

さらに、清掃や配膳を請け負う従業員の不足は深刻さを増していて、いくら補充してもすぐに辞められ、新たな人材を送り込むといった消耗戦を強《し》いられていた。

条件が低いわけではない。高時給、週休二日を謳《うた》っても、人が集まらない状態だ。

県の収入の大きなウエートを占める観光業の存続危機に対し、沖縄県は官民共同で優良な人材の長期確保対策に乗り出していた。

そうした情勢の中、紗由美が勤める会社にも県担当者からの協力要請があり、会社側は検討の結果、人材派遣部門を新設することになった。

「いいじゃないか。創設スタッフって、なかなかなれないよ」

「そうなんだけどさあ。人材派遣業って、なんだか違う気がして」

「めずらしいね。母さん、新しい仕事は自分から飛びつくタイプだったのに」

「そうなんだけどねー」

紗由美が煮え切らない様子でため息をつく。

「母さん、やりたいことないの？」

竜星が訊いた。

「昔はね、作業療法士を目指したこともあったの。そのために、高卒認定試験の勉強もしてたんだけどね。いろいろあって、やめちゃった」

「ひょっとして、僕ができたから？」

「違うよ」

紗由美は笑って、サーターアンダギーを口に放り込んだ。食べながら、ポットの温かいさんぴん茶を湯呑《ゆの》みに注ぎ、口の中に残ったスポンジを飲み込む。

「子供ができたくらいだったら、あきらめなかった。断念するまでには、ほんとにいろいろあったから」

紗由美は言い、隣部屋の仏壇《ぶつだん》に目を向けた。竜司の遺影《いえい》を見つめる。

「なんだか、いろいろありすぎてね。何をしたいのかわからなくなったのかな」

「疲れちゃったのよ」

キッチンから節子が出てくる。節子は紗由美の隣に座った。

紗由美が湯呑みにさんぴん茶を入れ、節子に差し出す。節子は微笑んで、温かいお茶を啜った。

「生きるって、それだけで疲れるからね」

「それって、やっぱり僕のことが負担に――」

竜星が言いかける。

節子は深い笑みを竜星に向け、言葉を止めた。

「親が子供を育てるのは当たり前。手のかかる頃は、疲れることはあっても楽しいものなの。逆よ、竜星」

「逆？」

「そう。手がかからなくなった分、自分の時間ができて、自分のことを考える余裕ができたの。そうしてふっと自分を振り返った時にね。気づかなかった人生の疲れが出てくるものなのよ」

「そんなもんなん？」

「そんなもの。長く生きなきゃ、わからないことだけどね」

節子は微笑み、紗由美に顔を向けた。

「紗由美ちゃん。新しい部署に行きたくなかったら、行かなくていいのよ。心が動かない時って、疲れている時だから。無理に前に進む必要はないのよ」

「ありがとう。ちょっと考えてみる」

紗由美が返す。節子は深く頷いた。

「まあ、好きにしてくれたらいいよ、僕は」

竜星は言い、立ち上がった。

「あんたは生意気《なまいき》」

紗由美が竜星の尻を叩こうと手を振った。

竜星はサッと避《よ》け、そのまま自室へ引っ込んだ。

「まったく……息子にまで気をつかわれるなんて、なんだかなあ……」

紗由美はテーブルに伏せて、大きなため息をついた。

「心配してるのよ、紗由美ちゃんのこと。本当、この頃は目に見えて大人になってきたわね、竜星も」

「親離れってこと？」

「子離れの時も来たということよ」

「でもまだ、大学もあるし」

「あの子、大学の費用を頼るつもりはないんじゃないかしら」

節子はちらりと竜星の部屋の方に目を向けた。

「そこまでは親の義務だから、なんとかするつもりだけど」

「それは紗由美ちゃん側、親の考え。竜星は、高校を卒業したら負担をかけないよう自立したいと思ってるわよ、きっと」

「どうして、わかるの？」

「うちがそうだったから」

節子が言う。紗由美は瞳を開いた。

「涼太《りょうた》は進学の時、奨学金を得て、下宿代はアルバイトで稼《かせ》いでた。学費くらいは私が出すと言ったんだけどね。それは老後に残しとけって。弟の哲夫《てつお》は悪い世界に入ってしまったけれど、あの子も高校を卒業した後に出て行って、それ以降、私にお金の無心をしたことはなかった。兄の涼太にはお世話になっていたようだけどね」

節子が微笑む。

「でも、哲夫も涼太と同じ思いだったそうよ。主人が死んだ後、女手一つで苦労していた私を見て、ずっと楽にさせたいと思ってくれていたそう。私は、二人が生きていてくれたら、それでよかったんだけど」

節子は仏壇に飾った息子の遺影に目を向けた。

「紗由美ちゃんもこれまでがんばってきたんだから、ここから先、何がしたいのか、どう生きていくのかを考えるいい機会かもしれないわね」

「節子さんはどうだったの？」

「私は、あの子たちが帰ってくる場所を残すことだけを考えてたかしら。そのために、家を守っていただけね。それでよかったんだけど、二人がいなくなった後は、生きる指針を失った。帰ってくる人はもういないんだもの。家を守る意味もわからなくなって。だから、竜司さんに、妊娠中のあなたのお世話をしてほしいと言われた時は、正直救われた思いだった。それからは、あなたのそばにいて、竜星の成長を見守ることが、私の生きがいになったの。ありがとうね」

節子が軽く頭を下げる。

「こちらこそ」

紗由美も頭を下げる。

顔を上げて、互いを見つめる。自然と笑みがこぼれた。

「流れに任せて、ゆっくり生きればいいのよ。ここは沖縄なんだから」

「うん」

紗由美は首肯した。

玄関のドアが開いた。

「ただいま」

野太《のぶと》い声が聞こえてくる。楢山の声だった。杖をつく音と大きな足音が近づいてくる。

「早いね」

紗由美が楢山を見上げた。

「稽古が早く終わったんでな」

「飲んでないみたいね。これから来るの？」

「今日は飲みなし。いや、ちょっとみんなで飲みは控えようって話になったんだ」

楢山が話しながら、紗由美の前に座り、杖を脇《わき》に置いた。節子がさんぴん茶を入れ、湯吞みを楢山の前に差し出す。楢山は茶を啜った。

「急にどうしたの？」

「俺も金武も歳だからな。体が動かせるよう、ちょっと節制しようって話になって」

「ほんとにー？」

紗由美は怪訝《けげん》そうに目を細め、楢山をじっと見つめた。

「ホントだって」

楢山がたじろぐ。

「まあ、いいじゃない。健康に気をつかうのはいいことだから。じゃあ、ちょっと早いけど、夕飯にしましょうかね」

節子が茶を飲み干して、立ち上がる。

「さすが、おばあ。よくわかってくれる」

「私だって、心配してるよ」

紗由美は楢山の頭を平手で軽く叩いて、立ち上がった。

楢山が頭をさする。

「どこまで続くかわかんないけど、ストレスがたまらない程度にね」

紗由美が微笑む。

「おう」

楢山は笑みを返した。

節子は、紗由美と楢山の様子をキッチンから窺《うかが》い、目を細めた。

5

綱村啓道は、スポーツバッグを一つ持ち、熊本刑務所の玄関を出た。陽の光を浴びて、両腕を大きく上げ、伸びをする。

後ろにいた看守長《かんしゅちょう》が声をかけた。

「綱村、これからどうするんだ？」

「まあ、少し羽伸ばして、地元に帰りますよ」

「あてはあるのか？　更生保護施設を紹介してやってもいいんだぞ」

看守長が言う。

綱村は看守長を見下ろした。

「先生。俺は出所した後、あれこれ言われたくねえから、仮出所も断わって、刑期を務め上げたんです。外に出てまで、四の五《しご》の言われる筋合いはねえ」

太い眉を上げ、大きな目で看守長を睨む。

「まあ、給料が二十万くらいあるんで、なんとかしますよ」

綱村は笑顔を見せた。

給料というのは、刑務作業の報奨金《ほうしょうきん》だ。年間で二万円にも満たない金額だが、綱村は日用品の購入以外にはほとんど使わず、二十年近い刑期の中、報奨金を貯蓄した。

「綱村。おまえは本来、真面目《まじめ》な男だ。一度こうと決めたことをやり通す気概《きがい》もある。表の世界で生きていこうとは思わんか？」

「先生、勘違いしねえでください。俺はそういうヤツだから、一度決めたヤクザの道をまっとうするんですよ」

そう言う綱村に気負いはない。

看守長は目を伏せ、ため息をついた。

「まあ、おまえの人生だ。これ以上は言わんが、できれば二度と、事は起こすなよ」

「一般人を巻き込むようなまねはしません。ただ、逆らうヤツは一般人とは認めませんがね」

綱村は笑みを濃くした。

「世話になりました」

頭を下げ、歩きだす。

看守長が、不安げに綱村の背中を見送る。

綱村は看守長の視線を感じつつも、二度と振り向かず、表門を出た。

県道145号線を東へ歩く。豊肥《ほうひ》本線の東海学園前駅へ向かうつもりだった。

白川《しらかわ》支流の川の端に差しかかった時、黒塗りのセダンが近づいてきた。綱村の脇で停まる。

綱村は足を止めた。運転手を睨みつける。運転手は降りてきて、綱村の方を向きもせず、右の後部ドアを開けた。

グレーラメのスーツを着た男が脚を出した。上着の前ボタンを留めながら、ゆっくりと降りてくる。

「綱村、務《つと》めご苦労」

男は立って、綱村に笑みを向けた。

「……生長の叔父貴《おじき》、ですか？」

「太っちまったし、頭も白くなって薄くなっちまったがな」

生長が口角《こうかく》を上げる。

「ご無沙汰《ぶさた》しております」

綱村は深々と頭を下げた。

「わざわざ、波島の若頭に出迎えていただいて――」

「何、言ってんだ。今は組長だ」

「ほんとですか！　犀川《さいかわ》の親父さんは？」

綱村は目を丸くした。

「まあ、立ち話もなんだ。乗らねえか？」

「ありがたいんですが、まだ、うちの連中にも会ってねえし、親父にも連絡してねえんで、遠慮させていただきます」

「古謝の兄貴の件で話があんだ」

生長が真顔で見つめた。

綱村は生長を見返した。

「わかりました」

綱村が言う。

生長が車内に戻った。運転手がドアを閉める。運転手はその足で、左後部に回った。

「こちらへどうぞ」

ドアを開く。

後方から車が来ていた。迷惑気《めいわくげ》な顔で綱村たちを睨む。綱村は睨み返した。

後ろの車の運転手は、綱村の迫力に気圧《けお》され、目を伏せた。

後部左のシートに乗り込む。運転手はドアを閉め、運転席へ走った。すぐ、発進する。

生長は、今年四十七歳になった綱村の五つ上だ。座間味組組長の古謝とは犀川を通じての古い知り合いでもある。

「親父に何かあったんですか？」

綱村がすぐに訊いた。

「座間味組が解散した」

「なんだと！」

大声を張った。

運転手は驚き、ブレーキを踏んだ。生長が前のめりになる。綱村は助手席のシートに顔面をしたたかに打ちつけた。

「何やってんだ！　ちゃんと運転しねえか！」

生長が怒鳴《どな》った。

「すみません！」

運転手はあわてて謝り、再び車を出した。

「どういうことですか、叔父貴！」

「でけえ声出すな。落ち着け」

生長は顔をしかめて、諭《さと》した。

「落ち着いてられますか！」

「話するから、静かにしろって言ってんだ」

綱村を睨む。

「すんません」

綱村はシートに深く座り直した。

生長は綱村が落ち着くのを待って、やおら口を開いた。

「まずは、おまえに謝らなきゃならねえ。この通りだ」

生長は太腿に両手をつき、頭を下げた。

綱村が驚く。

「何なんですか、叔父貴。頭上げてください」

あわてて促す。

「いや。兄貴の組を潰すきっかけを作ったのはうちなんだ」

「どういうことですか？」

綱村は生長の頭を睨んだ。

生長は顔を上げた。

「うちの企業舎弟の仕事を手伝ってもらったんだがな。そいつがしくじって、結果、兄貴とおまえの組に迷惑かけることになっちまった。それでうちの親父も引退せざるを得なくなったんだが、代替わりにしても、詫《わ》びるに詫びきれねえ」

再び、頭を下げる。

「叔父貴、何があったんです？　話してください」

綱村は何度も頭を下げる生長を見て、怒るに怒れなかった。

「うちのフロント企業が、スマートシティーの利権を獲ろうとしていたんだがな――」

生長は事の顚末《てんまつ》を語り始めた。

綱村は話のうちの半分もわからない。ＩＴ産業が大きく飛躍し、変化した時代、刑務所の中で過ごしていた。

生長のことは昔から知っていたが、まるで宇宙人が話しているようにも聞こえていた。

ただ、要点はわかる。

要するに、円谷公紀《つぶらやこうき》という〈天使のはしご〉の社員と、渡久地巌という元組員が裏切り、波島組のフロント企業である〈未来リーディング〉を破綻《はたん》に追い込み、その余波を受けて、波島組は縮小して組長だった犀川哲郎《てつろう》は責任を取り引退、座間味組は壊滅に追い込まれたということだ。

どのような理由があろうと、綱村は、一度忠誠を誓った親を裏切るような真似《まね》をする者は許さない。

円谷は死んだらしいが、渡久地巌は大分刑務所に服役中だという。

「それとな。この話には、もう一人、大きな罪を犯した者がいるんだ」

「誰です？」

「影野《かげの》竜司」

名前を聞いて、綱村が気色《けしき》ばんだ。

「もぐらですか？」

生長が頷く。

「ヤツは死んだでしょう」

「ヤツの遺産だ。最終的に兄貴の組を潰したのは、影野とタッグを組んでいた楢山、楢山とつるんでいる糸満の金武と道場の連中、それと――」

生長は綱村を見据えた。

「影野の一人息子、安達竜星」

生長が言う。

綱村は奥歯をぎりぎりと嚙みしめた。今にも暴れ出しそうな怒気《どき》を放っている。

「くそったれが……」

握る拳がぶるぶると震えた。

影野竜司と出会う機会はなかった。が、名前はよく知っている。

久茂地《くもじ》や松山、辻《つじ》といった那覇市内の繁華街で〝もぐら〟と呼ばれている男に何度もしのぎを邪魔されたという話が耳に届いた。

綱村は、自分が叩きのめそうとしたが、古謝に手を出すなと止められていたため、我慢した。

手をこまねいているうちに、綱村は逮捕され、刑務所へ送られることになった。

その後も、差し入れに来る者から竜司の話は聞いていた。

綱村一派が検挙されて組が弱体化していく過程に、竜司とその一派の存在も大きな役割を果たしていたらしい。

綱村は、出所後は必ず影野竜司を潰すと心に決めていたが、収容されてまもなく、竜司が死んだと聞かされた。

綱村は憤った。

自分のシマ内で勝手な真似をしていた者を排除できず、顔も知らないまま死なれてしまった。

せめて、一度でも対峙《たいじ》していれば納得もいったが、何もできないまま好き勝手に荒らされ、逃げられてしまったような気がした。

綱村は刑務所の中で、出所後に縮小した座間味組の勢力を再び復興させることでその無念を晴らそうと思っていた。

だが、肝心の組がなくなった。

しかも、潰したのは影野竜司に関係のある者だという。

やはり、自分が刑務所へ入る前に潰しておくべきだったという後悔の念が沸き立ち、それが怒りに変わっていく。あまりの憤怒に血の気を失い、身震いした。

「叔父貴。空港に送ってもらえませんか」

「どうする気だ？」

「すぐ、島に帰って、全員ぶち殺しますんで」

綱村は声を震わせた。激しい怒気が声色《こわいろ》に滲む。

「空港には送ってやる。だが、行き先は東京だ」

「内地に用はねえ」

綱村が目を剝《む》く。

「気持ちはわかる。しかし、連中をぶち殺した後、どうするんだ？」

「そんなこと考えてねえよ」

「バカやろう！」

生長が怒鳴った。

綱村はますます目を剝き、生長を睨みつける。生長も退《ひ》かず、睨み返した。

運転手は、車内に充満する張り詰めた空気に息が詰まりそうだった。ちらちらとバックミラーで様子を確認しつつ、とばっちりを浴びないよう、慎重に運転する。

「てめえがそんなんだから、座間味が潰されたんだろうが！」

「なんだと！　叔父貴のとこがしくじったからでしょうがよ！」

「最終的にはそうだが、そこまで弱らせたのは誰だ？　そもそもは、てめえが兄貴が止めるのを無視して、勝手に相手の組にカチコミかけてパクられたせいじゃねえのか？」

生長が痛いところを突く。

綱村は言葉を飲み込んだ。

「てめえがもう少し考えて、務めもこんなに長くならねえようにしときゃあ、座間味が渡久地や竜星みたいなガキに舐《な》められることもなかった。違うか？」

さらに追いつめる。

綱村はぐうの音も出なかった。

確かに、暴れまくって長い懲役を食らうようなことがなければ、なんとかできた。少なくとも、一般の者にまで踏み込まれるようなみっともない事態は避けられただろう。

「てめえの力は認める。てめえが座間味のシマを大きくした功績も認めてやる。だがな。てめえがてめえ勝手に暴れたツケはでけえ。何も考えねえで暴れりゃこうなるって、わかりやすい話になってるじゃねえか」

生長が畳《たた》みかける。

立ちかけていた綱村は、静かに腰を下ろした。肌が白《しら》むほど拳を握り締め、震えている。

が、もう返す言葉がなかった。

「ここまで言うつもりはなかったんだが。すまねえな」

「いえ、叔父貴の言う通りです」

綱村がうなだれる。

「なあ、綱村。おまえの望みはなんだ？」

「俺は、うちを潰した連中を――」

「座間味の復興じゃねえのか？」

生長が言う。

綱村は顔を上げた。目を見開く。

「古謝の兄貴は解散届を出したが、本意じゃなかったはずだ。無念だったろうと察する。おまえを待ってた座間味の連中も、さぞ悔しい思いをしてんだろう。兄貴や仲間の思いを拾ってやるのが、おまえの役目じゃねえのか？」

生長が諭すように語りかける。

「竜星たちをぶちのめしゃ、おまえは気が済むだろうが、そりゃ、座間味の最後《さいご》っ屁《ぺ》みてえなもんだ。やっぱ、座間味は暴れるだけの能無《のうな》しだと笑われるだけだ。それはよ。兄貴とおまえが大事にしてきた座間味そのものを笑われることでもあるんだ。おまえにしても本意じゃねえだろ」

「そりゃそうです。でも、いっぺん解散したものを、どうやって再興するってんですか？」

「何が必要だと思う？」

「事務所にシマにしのぎに――」

「まずは金が要《い》るだろうよ。事務所構えるにも金がかかる。仲間を集めるには仕事もいる。

手伝ってやるよ」

「叔父貴がですか？」

綱村は生長を見つめた。

「うちも、沖縄の一件は頭にきてんだ。いろいろあったにせよ、結果、うちの大事なしのぎを全部持っていかれることになったからよ。本当は島に乗り込んで、全員ぶち殺してえんだが、今、それをやっちまえば、うちも潰れちまう。古謝の兄貴も、気持ちはうれしいが、うちまで潰れちまったら、それこそ申し訳が立たねえと言ってくれてな」

生長は顔を背《そむ》け、目頭《めがしら》を指で揉《も》んだ。

綱村には、生長が滲んだ涙を拭っているように見えた。

「なもんで、まずは土台を立て直すことに力を注ぐことにした。その話におまえも乗せてやる。そして、土台を固めた上で、座間味を復興しろ。そうすりゃ、兄貴も喜ぶ」

「親父が……」

「ああ。兄貴はもう、渡世《とせい》の道には戻らねえと言ってるから、おまえが頭を張りゃあいい。おまえが座間味を再生して、二代目を継ぐと聞きゃあ、兄貴も本望《ほんもう》だろうな。しっかりと組を起ち上げた後、渡久地や竜星をぶちのめしても遅くはねえ」

生長が言う。

綱村はうつむいた。

「ともかくよ。俺たちの話を聞け。その上で、座間味の再興より、竜星たちをぶちのめす方が大事ってんなら、もう止めねえ。好きにすりゃあいい。どうだ？」

生長が迫った。

綱村は逡巡《しゅんじゅん》した。

生長の言うことに理《り》はある。しかし、自分に頭を張る器《うつわ》があるとも思えない。

それに、古謝が解散させた組を勝手に再興していいのかも疑問だ。どんな理由があるにせよ、組長が自ら解散を宣言するというのは、この世界ではとてつもなく大きなことだ。古謝自身、悩みに悩んだ末、出した結論だろう。

勝手に復興させるのは、古謝の苦悩に泥《どろ》を塗る話にもなりかねない。

「叔父貴。親父は今、どうしてるんですか？」

「引退後は、姐《ねえ》さんと二人で島を出て、東北の温泉地で暮らしている」

「島を出たんですか！」

「仕方なくな。勢力が衰えていたとはいえ、松山といやあ座間味だったろ。解散、引退はしたものの、やはり、兄貴をおもしろくなく思う者がいてな。跳《は》ねた連中に襲われないとも限らねえから、俺が進言したんだ。本意じゃねえだろうが、島を離れてくれってな。兄貴も渋々《しぶしぶ》了解してくれた」

「親父に会わせてくれませんか？」

「それはできねえ」

生長が断ずる。

「今、おまえの顔を見りゃあ、兄貴も姐さんも里心《さとごころ》がついちまう。そりゃ、残酷《ざんこく》というものだ。だがな。おまえがもう一度、島で力を持ちゃあ、兄貴も姐さんもまた島に戻れる。それを手土産《てみやげ》に、兄貴を迎えてやったらいいじゃねえか。兄貴もきっと喜ぶよ。今は会う時じゃねえ」

生長は優しげな声で話し、綱村を見つめた。

綱村は目を閉じた。そしてゆっくりと顔を上げる。

「……わかりました。座間味再興の件は、とりあえず、叔父貴の話を聞かせてもらってからでいいですか？」

「当然だ。じっくり考えてくれりゃあいい。おまえも出てきたばかりだからな。うちで少し、のんびりしろ」

生長は綱村の二の腕を叩いた。腹の中でほくそ笑む。

綱村を乗せた車は、そのまま熊本空港へ走り去った。

第二章

1

竜星は、自分の部屋で三線《さんしん》を弾いていた。

マットレスには、真昌が寝転んでいる。真昌は手のひらに頭を乗せ、三線を弾く竜星を見ていた。

竜星の演奏が終わる。真昌が起き上がった。

「やっぱ、うまいなあ、おまえ」

「そうでもないよ。まだ、緩急がしっくりきてないし」

「何言ってんだ。唐船《とうしん》ドーイは弾けるだけですごいさ」

「弾くだけなら、誰でもできるよ」

「そりゃ、オレに対する嫌味か？」

真昌が睨む。

「おまえは太鼓がうまいじゃないか」

「テークーは叩くだけでいいからな」

「町内会のエイサーで大太鼓叩いてたじゃないか。あれはなかなかできないよ」

「ガキの頃から締太鼓《しめだいこ》やってたから、慣れてるだけさ。三線のほうがよっぽど難しいさ。指動かねえし、チンダミできねーし、バチも使えねえし」

「チューナーがあれば、調弦《ちょうげん》は難しくないよ。つめ（バチ）も慣れれば、自分の指みたいに動くし。左手は練習するしかないけどな」

「それも才能あってのことだって」

真昌は言い、ため息をついた。

三線は十四世紀末、琉球《りゅうきゅう》王国時代に中国より持ち込まれた三絃《さんげん》を原型とする弦楽器だ。十五世紀、当時の琉球王・尚真《しょうしん》が士族の教養として奨励したことをきっかけに広がり、のちに大和に渡り、三味線として普及した。

構造は三味線とほぼ同じで、蛇皮《へびがわ》を張った胴から棹《さお》が伸び、三本の弦をカラクイと呼ばれるポンチのような形をした糸巻きに取り付け、調弦をする。

三線のバチは爪《ちみ》とも言われ、三味線のそれとはまったく異なる。大きな鉤爪《かぎづめ》のようなものを人差し指に付け、先端で押さえるように弾《はじ》いて演奏する。

また、楽譜は工工四《くんくんしー》という独特の記譜法《きふほう》で表記される。

竜星が練習していた〈唐船ドーイ〉という曲は、カチャーシーと言われるテンポの速い踊りに使われ、祝いの席や宴席のトリで演奏されることが多い。

高校の卒業イベントで、卒業生たちが演奏するので、時間を見つけては練習していた。

「いいよなあ、おまえはいろいろ才能があって」

真昌がぼやく。

「なんだよ、いろいろって」

「頭はいいし、ケンカは強《つえ》えし、楽器もできるし、イケメンだし。一つくらい、オレに分けろよ」

「おまえだって、いい男じゃないか」

「どこが?」

「それはな。えーと……」

「ほら」

真昌がふてくされ、さんぴん茶を飲む。

「悪い悪い。おまえの熱くなれるところとか、友達思いなところとかは好きだぞ。正直、うらやましい」

「うらやましいって、なんだよ」

「僕は、真昌みたいに感情を出すのが苦手なんだ。こないだの松山の件でも、おまえは一も二もなく駆けつけてくれただろう？　ああいうの、ほんと、すごいと思う」

「おまえだって、逆の立場なら、駆けつけてくれただろ？」

「たぶん、な」

「たぶんって……。見捨てる気か？」

真昌が苦笑する。

「わからないんだ。そうなってみないと」

竜星は指に付けたバチを見つめた。

真昌はふっと微笑んだ。

「おまえはきっと飛んでくるよ。おまえの母ちゃんとか巌さんを助けに行った時、何も考えていなかっただろ？」

「そうだけどな」

竜星はバチを握り締めた。

「おまえにも熱いところはある。オレが一番よく知ってる」

真昌は竜星の背中を叩いた。

竜星は微笑み、顔を上げた。

「そういやあ、おばあから聞いたけどさ。おまえ、東京の大学には行かないんだって？」

真昌が訊いた。

「そのつもりだけど」

「なんでだよ。おまえ、昔から、一度は島を出るつもりだと言ってたじゃないか」

「そうなんだけどな……」

「金か？」

ストレートに問う。

竜星はもう一度、手元に目を落とした。

「もったいねえなあ、金のことくらいで」

「大事なことだ」

竜星が小声で言う。

「いや、もったいねえ。おまえなら、いい大学出て、いいところに就職できる。そうすれば、金なんて簡単に返せる」

「気楽に言うなよ」

竜星は顔を起こして、苦笑いをした。

「バカ、本気で言ってんだ。オレは、島で何か仕事探すくらいしかねえんだから。才能あるヤツは、島にくすぶってちゃいけねえよ」

「おまえ、親父さんの畑を継ぐんだろ？」

竜星が訊いた。

「そのつもりだったんだけど、なんだか雲行《くもゆ》き怪しくなってきてなあ」

「親父さんとケンカでもしたのか？」

「そんなのじゃねえんだよ」

真昌は渋面《じゅうめん》をして、ため息をつき、話を続けた。

「なんか、親父の畑とか周りの畑、開発されるんじゃねえかって話になっててな」

「喜屋武の周辺を？」

聞き返した竜星の言葉に、真昌が頷く。

「正確には、真栄里のエージナ島周辺を開発するって話なんだけどな。そこが開発されたら、喜屋武も観光地にされて畑が潰されるってんで、親父らが小波蔵《こはぐら》あたりの農家と一緒になって、抗議運動をやってんだ」

「なんか、嫌な話になってんな」

「まったくだよ。よその人間に荒らされて、喜屋武が国際通《こくさいどお》りみてえになっちまうのは耐えられねえ」

真昌が拳を握る。

「でも、エージナ島あたりとか喜屋武は、戦跡国定公園になってるから、大丈夫じゃないか？」

「そう思うんだけどな。親父も詳しくは話してくれねえからわからないんだけど、結構な騒ぎになってるから、なんかあるんじゃねえかな」

真昌は拳を開いて、太腿をパンと打った。

「まあ、オレの話はいいんだよ。おまえはいっぺん、島を出なきゃいけねえ男だ。金の心配とかしてんじゃねえよ。それとも、ビビってんのか？」

「なんだ、それ」

竜星が苦笑する。

「おまえはオレの希望の星。内地でデカくなって、自慢させてくれ」

「おまえのためにがんばれってか？」

「そう。オレのために行ってこい」

真昌が腕を組んで、鼻から息を吐いた。

竜星は真昌の勝手な言い分に笑いつつ、なんとか自分の背中を押そうとしてくれている友に、心の中で感謝した。

2

小波蔵公民館には、真昌の父、安里真栄《しんえい》を始め、南部地域で農業を営む者が三十名ほど集まっていた。並べられたパイプ椅子に座れない者は、後ろに立ち、誰もが腕組みをしている。

対面には長テーブルが置かれている。そこには、地元選出の県議会議員、古城由之《こじょうよしゆき》と秘書の新里英美理《にいさとえみり》が座っていた。

「おい、由之！　エージナ島を開発するって話はどうなってんだ！」

安里の隣にいるヒゲもじゃの男が、下の名を呼び捨てにして古城を睨んだ。

彼は、浦崎栄信《うらさきえいしん》という男で、今回の抗議運動の中心人物だ。歳は五十歳、開発が噂されている真栄里に先祖代々の畑を持っていて、エージナ島の御嶽とも馴染みが深い。

肌は黒く灼け、背は高くないものの、腕は腿《もも》のように太い。濃い眉毛の下にある大きな目は、怒気をまとうと見る者を震えさせるほど鋭い。自然と共に生きてきた強さが、全身に滲んでいる。

「決定事項ではないようです」

古城が答える。

「ようですとはなんだ、ようですとは！」

後ろの方からも怒声が飛ぶ。

古城由之は、幼少の頃、東京から糸満市に引っ越してきた。集まっている農家の中には、古城を子供の頃から知る者も多い。

いわば、身内のようなもの。それだけに、古城に浴びせられる語勢も激しくなる。

「みなさん、落ち着いて下さい。現況をお話ししますので」

古城は言い、英美理を見やった。

英美理は頷き、テーブルに置いたマイクを取って、口元に近づけた。左手に資料を持ち、目を落とす。

「事務所で調べましたところ、エージナ島周辺の開発を促進したいという意見は、県議会の観光推進協議会の小会合で、県議の一部から出ただけのようです。議事録を確認しますと、中部や北部の開発が進む中、南部もこのままでいいのかという話だったようですが、その後、目立った進展はありません」

「おいおい、おかしいじゃねえか。内地から来た業者が買収を持ちかけたり、こっそり測量やってんのは知ってんだぞ。どういうことだ？　ちゃんと答えろ、由之！」

怒鳴り声が響く。

しかし、古城も秘書の英美理も、顔色一つ変えない。

「にーにー、カンベンしてくれよ」

古城は浦崎を見て、親しげに言った。

「僕も調べてるし、もし事態が動いてるなら止めなきゃと思ってる」

「じゃあ、さっさと怪しい連中を調べろ！」

「ちょっと待って。内地の業者さんが、南部開発を目的に来ている人とは限らないんだよ。物件は民泊《みんぱく》として利用しようとしている人もいるし、測量は民泊業者に限らず、内地の観光業者がバスで乗り付けた時の動線を確かめていることもある。それは、開発ではなく、観光事業の一環で、拒否するものじゃない」

「そういう名目で調べてんだろ。こっちは騙《だま》されねえぞ！」

浦崎が声を張る。周りは「そうだ、そうだ」と浦崎の言葉を押した。

と、古城が背筋を伸ばし、浦崎を睨み返した。

「僕も喜屋武の人間です！　ここからみなさんに送り出してもらった人間です！　そんな僕を信じられないと言うんですか！」

古城は浦崎を見据えたまま、目を逸《そ》らさない。

会場がシンとなった。古城と浦崎は互いに睨み合ったままだ。が、先に浦崎の視線が揺れた。

安里はじっと古城と浦崎の様子を見ていた。

そして、頭の片隅で、竜司を思い出していた。

竜司は、普段は優しい目をしていながら、違和感を覚えると、目の前の人物や周囲の様子をじっと見つめる癖があった。

もうずいぶんと昔のことになるが、安里の畑のサトウキビをすべて買いたいという内地の業者が現われた時、竜司に同席してもらったことがある。

本土の業者だが、サトウキビの加工品を特産にして売り出したいとの話で、安里が聞く限り、悪い話でもなかった。

が、交渉が大詰めを迎えた時、竜司は安里に断われと言った。

安里は驚いた。

その業者は、事業展開や利益だけでなく、それに伴うリスクもきちんと説明する誠実な者だった。

しかし、竜司は頑《がん》として断われと言い続ける。

安里は竜司に従い、その話は断わった。

半年後、その業者と専属契約をした仲間の農家が、代金を踏み倒されたという報《しら》せが舞い込んだ。

竜司が県警の知人を通じてその業者をひそかに調べさせていたこともあって、被害は最小限に留《とど》まり、仲間の農家も廃業せずに済んだが、安里にはわからないことがあった。

なぜ、竜司が相手の素性《すじょう》を見抜いたかということだ。

安里は訊いてみた。

すると、竜司は言った。

『嘘《うそ》をつく者は、相手から視線を逸らさない』

さらに、こうも言った。

『嘘をつく者は、一つの表情を作ろうとする』

その業者は、安里をまっすぐ見つめ、熱心に自分たちの事業計画を説明していた。終始、笑顔でもあった。

しかし、竜司に言われてみると、確かに不自然ではあった。

交渉事を進める際、相手の出方によっては不快になったり、悩んだりする。そうした時に顔には感情が出てしまうものだ。

が、業者は時折真顔にはなるものの、安里を不快にさせる表情は決して見せなかった。むしろ、安里が否定的な言葉を漏らした時は満面の笑みを浮かべ、まっすぐ安里を見つめて視線を逸らさず熱心に話した。

竜司に言わせると、それこそが、相手が何かを隠している証拠だった。

人が直視《ちょくし》に耐えられるのは五秒程度だという。それ以上見つめられると、その視線に圧迫感を覚え、目を逸らすのが普通だそうだ。

争っている時に目を逸らさず睨みつけるのは、相手を威嚇《いかく》するため。威嚇が目的でなく直視を続けるのは、相手に無意識の圧をかけるためだという。

そして、詐欺師《さぎし》はよくそうした手口《てぐち》を使うとも付け加えた。

他にもいろいろと教えてもらったが、詳しくは覚えていない。ただ、目に関する話だけはよく覚えていた。

「古城君」

安里が口を開いた。

古城と浦崎の間に漂っていた張り詰めた空気が弛《ゆる》む。浦崎はホッとした様子で視線を落とした。

古城は浦崎に向けていた目線は下げず、そのまま安里に向けてきた。

安里をまっすぐ見つめてくる。安里は見返した。

先ほどまで挑むように浦崎を睨んでいた古城の目は穏やかだった。口角も少し上がっている。

安里は小さく頷いた。

「古城君、すまんがもう一度、小波蔵近辺をうろちょろしている業者を調べてくれんか。君の言うとおり、観光業者なら問題はないが、万が一、南部開発を見込んでの先行調査に来ている者たちなら、君が知らないところで話が動いている証拠でもある。それは見過ごせないからね」

「わかりました」

古城は笑みを見せた。

安里は目の端に英美理の顔も捉《とら》えていた。彼女もやや微笑んでいるような真顔で、安里をじっと見つめている。

「よろしく頼む。栄信さん、それでいいですね？」

「まあ、真栄が言うなら……」

浦崎は渋々承知した。

「古城君、二週間で調べは付くね？」

安里が訊く。

「はい、早急に」

「では、二週間後、また集まることにしよう」

「わかりました。その予定でスケジュールを調整します。新里君」

古城が英美理に目を向けた。

「承知しました」

英美理は安里を見て、微笑んだ。

安里は頷きつつ、思った。

こいつら、嘘をついている——。

3

綱村は、生長が用意したホテルにいた。臨海地区にある立派なホテルの上階スイートルームだ。

東京湾を一望でき、部屋数が五つもある広い部屋だが、綱村は景色を楽しむこともなく、カーテンを閉め切った一室でひたすら寝ているだけだった。

ドアがノックされた。

「はい」

寝転がったまま、野太い声で返事をする。

ドアが開き、生長が顔を出した。

「なんだ、まだ寝てんのか」

「務め疲れが出ちまったみたいで」

綱村はやおら巨体を起こした。ベッドが軋《きし》む。

裸足《はだし》のまま部屋を出た。リビングに向かう。生長が眺望を背に、窓際のソファーに座っている。

綱村は向かいのソファーに腰を下ろした。窓から射し込む陽光が眩《まぶ》しく、目を細める。

ソファーの肘掛《ひじか》けに両腕を置き、深くもたれ、あくびをした。

「おまえ、俺の差し入れにも手を付けてねえようだな」

生長が言う。

差し入れとは、女のことだ。

生長は、息のかかった風俗店から毎晩のように違う女を寄こすが、綱村は女体で気を紛《まぎ》らわせる気分になれなかった。

「飲みにも出ねえし。少しは遊ばねえと、干《ひ》からびちまうぞ」

「落ち着かねえんで」

綱村は素っ気なく言った。

生長は小さく息をついた。

「今すぐ、どうこうできる話じゃねえんだ。いっぺん落ち着けと言ってるだろうが」

「叔父貴なら落ち着けますか？　波島が素人《しろうと》に潰されて」

「そりゃ、わかるがな。前も言ったように、短絡《たんらく》的に動きゃあ、何もかも崩しちまう。いい加減に気づけ」

「わかってますよ」

綱村がかすかな苛立《いらだ》ちを覗かせる。

「まあいい。で、俺らと組む決心はついたか？」

生長が訊いた。

二日前、このスイートルームに生長の他、沖谷令子という女と那波哲人という男が訪ねてきた。

そこで、南部開発に関する話を聞いた。

観光開発事業としての絵図《えず》としてはおもしろい。儲かりそうなニオイはする。

が、いろいろとひっかかっていた。

まず、エージナ島の御嶽を潰すという話だ。

綱村自身は本土から来た者だったが、古謝や座間味組にいた者たちは地元出身者が多かった。

組長を始め、地元の者たちは、どんなに抗争が激化しても、御嶽の前では暴行を行なわなかった。むしろ、御嶽を冒そうとする者がいれば、敵味方関係なく、協力してその無礼者を排除した。

それほどまでに、沖縄の人々にとって、御嶽は大切な場所だということを、綱村は肌身に染みて知っている。

そこを潰し、観光地化するということに今ひとつ納得がいっていない。

もう一つは、生長も懸念する喜屋武の人間と争うことになるという点だ。

むろん、抗争となれば、喜屋武の人間と一戦交《まじ》えることもいとわない。

しかし、それは、争いに〝理〟があればのこと。

生長たちの話は、一見、沖縄全体や南部の人々のことを考えているように聞こえるが、実態はただの利害だ。

そこに〝利〟はあっても、〝理〟があるようにはどうしても思えない。

「もう少し、考えさせてもらえませんか」

「いつまで考えても、やることは変わらねえ。こういうときは、サッと決断して、とりあえずやってみるって姿勢が大事じゃねえか？」

生長が言う。

落ち着けと言ったり、とりあえずやれと煽《あお》ってみたり、生長の言うことに一貫性はない。

元々、生長がそういう男だとは知っている。が、自分が担いだ親の旧知だ。無下《むげ》にするのも義理を欠くことになる。

「まあ、ゆっくり考えろ……と言ってやりたいところだが、こっちにもスケジュールってもんがあるんでな。来週の月曜までに決めてくれ」

「わかりました」

綱村が言う。

生長は首肯し、立ち上がった。

「欲しいもんがありゃあ、連絡しろ。うちのもんに届けさせる。遊びに行きたくなった時も言え」

「ありがとうございます」

綱村は太腿に手を突き、頭を下げた。

生長が部屋から出ていく。

ドアが閉まる。

綱村はドアを見据え、太腿に置いた拳を握った。

4

沖谷令子は議員会館を訪れていた。

執務机の前にあるソファーに腰かけ、千賀理と向き合っている。

「どうだ、南部開発の件は」

千賀が訊ねる。

「私と那波の方の準備は進んでいます。けど、土地の接収はまだメドが立っていません」

令子は正直に答えた。

「君が言っていた綱村という男は、まだ動かんのか?」

「渋っているようですね」

「使えんな、生長も」

千賀は言葉を吐き捨てた。

「まあ、先生。そう焦らないで下さい」

令子がなだめる。

「そういうわけにもいかんのだ。選挙も近い。そろそろ、これという実績を示さなければ、その他大勢に埋没《まいぼつ》してしまう」

「当選はなさるでしょう？」

「まあ、そのあたりは固いと思うが、油断はできない。政府が失態を演じれば、風も変わる。だからこそ、盤石《ばんじゃく》にしておきたい」

千賀は言った。

「先生のそういう姿勢、私も見習いたいと存じます」

令子は言いつつ、腹の中で失笑していた。

小さい男だと思う。

失言で失墜《しっつい》した時、あわてずにやり過ごせば、今頃は、与党の中核として復活できていた。

しかし、失言後にあわてふためき、前言を撤回したと思えば言い訳を重ね、支離滅裂《しりめつれつ》になってしまった。

その一貫性のなさと問題処理能力の低さが、与党幹部から見限られた原因でもある。

ところが、本人はその点に気づいていない。

いまだに、当時の失言がなければ、自分は次世代のホープとして邁進《まいしん》していたはずだと信じている。

実に愚《おろ》かしい。が、そういう男だからこそ、令子には利用価値があった。

「古城さんの方の話し合いはどうなっていますでしょうか？」

令子が訊いた。

「そっちもうまくいっていないようだ。まったく、あいつも使えんな」

ぞんざいに言い捨てる。

ドアがノックされた。男性秘書が顔を覗かせる。

「先生、商工組合の方がお見えです」

「わかった。沖谷君。すまんが、少し急いでくれ」

「承知しました」

令子は頭を下げ、席を立った。

5

その夜、生長と那波は、令子行きつけの赤坂の料亭に呼ばれた。

駅からはずいぶん離れた場所にある住宅街の一角だ。看板も掲げられていない。木戸門《きどもん》の奥には日本家屋があり、五つの和室がある。

令子たちは庭園沿いの廊下を進んだ最奥の部屋にいた。

那波は令子の隣にいて、まめに酌《しゃく》をしたり、料理を頼んだりしている。対面には生長が陣取り、徳利《とっくり》のまま酒を呷《あお》っていた。

一通り腹を満たした頃には、生長も少しできあがっていた。

「うるせえな、うちの先生は」

生長が徳利の酒を飲み干した。早めに用意していた新しい徳利を手に取る。

「そんなものよ、うちの御輿《みこし》は」

令子は言い、猪口《ちょこ》を傾けた。すかさず、那波が酌をする。

「でも確かに、あまり悠長に構えていると、南部の独占開発も難しいかもしれないですね」

那波は徳利を座卓に置いた。

「どういうこと?」

令子が訊く。

「ちょっと聞こえてきたんですよ。噂程度なんですが、北部を開発している業者連合が、県の観光課と、中・南部開発についても計画を進めているのではという話です」

「先生や佐東からは何も聞いていないけど」

令子が言う。

「おそらく、まだ県の観光課と話をしているだけという段階なのだと思います」

「確かなのか、その話は?」

生長は那波を睨んだ。

「また知り合いの派遣会社が北部開発に参入していましてね。そいつからの話なので、噂の域は出ないものの、火のないところに煙は立たないと言いますし。もし、水面下で実際に動いているとなれば、こっちが出し抜かれることにもなりかねませんよ」

那波は話し、自分も猪口の酒を飲み干して、手酌《てじゃく》で注いだ。

「困ったわね。なんとかならない、生長さん」

令子が生長を見やった。

「まったく……ヤツも頑固だからな」

苛立った様子で徳利を傾ける。口辺から酒があふれ、ワイシャツを汚すが、生長はまったく気にかけない。

中身をすべて飲み干し、座卓に手をついてうなだれ、深く息を吐いた。

酒臭い息が那波の元まで流れてくる。那波は少し顔をしかめた。

と、いきなり、生長が座卓を叩いて、顔を上げた。

「すみません！」

那波が思わず謝る。

「何言ってんだ？」

生長は那波をひと睨みした。

「あ、いえ……いきなり、大きな音がしたもので……」

「この程度でビビるな」

生長は言い、令子に目を向けた。

「沖谷、かき回すか？」

「かき回すとは？」

令子が生長を見返す。

「綱村が動かねえのは、南部の連中に恨《うら》みがねえからだ。組再建のためとはいえ、金で動くのは矜持《きょうじ》に反するんだろう。だから、ヤツがどうにも動きたくなるように仕向けてやるんだよ」

「何をするつもりですか」

那波が恐る恐る訊ねる。

「ヤツは、仲間のためなら動く。だから、元座間味の誰かを抱き込んで、反対派にぶつけてやる」

「騒ぎを起こすというんですか！」

「まごまごしてるわけにはいかねえんだろ？　なら、こっちから仕掛けねえと、何も動かねえぞ」

「でも、騒ぎは……」

「いいんじゃない？」

令子が言った。

「だろ？」

生長が片笑みを滲ませる。

「どんな感じで騒動を起こすつもり？」

「元座間味のヤツに、反対派のリーダーを襲わせる」

「殺すんですか！」

那波が目を見開いた。

「バカ野郎、殺しゃしねえ。何度か脅して、ヤツらが手を引けば好都合」

「手を引かなかった場合は？」

令子が訊く。

「考えてある」

生長は笑みを濃くした。

6

タクシーを流していた内間は、北谷《ちゃたん》で同い年くらいの男を拾った。

停車して、後部ドアを開ける。細身でサングラスをかけた金髪メッシュの男だ。眉は細く、サングラスの下に覗く目つきも悪い。

派手な赤い開襟《かいきん》シャツを着て、白く太いズボンを穿《は》き、左手をポケットに突っ込んでいる。

ドアを閉め、バックミラーを覗く。

「にーにー、どちらまで？」

「松山だ」

ぞんざいな口ぶりで言い、シートに仰《の》け反《ぞ》って脚を組む。

「下道で行きましょうかね？」

内間が訊く。

「どっちでもいい！　さっさと出せ！」

居丈高《いたけだか》に声を荒らげる。

内間はバックミラーを睨んだ。

「ん？」

よく見ると、見覚えのある顔だ。じっとミラーを見つめる。

「早く出さんか！」

男は助手席を蹴《け》った。

「おまえ、和人《かずひと》か？」

「あ？　誰だ、てめえ」

男は脚を解いて、助手席のシートをつかみ、身を乗り出した。斜め後ろから、内間を睨みつける。

内間は首を傾け、振り向いた。

顔を見た途端、吊り上がっていた男の眉尻《まゆじり》が下がった。

「内間さん、ですか」

「ですかじゃねえよ」

内間が見据える。

男はサングラスを外し、シートに浅く座り直して背筋を伸ばした。

「ごぶさたしてます」

頭を下げる。

男の名前は、豊崎《とよさき》和人という。内間の一年後輩で、渡久地剛《つよし》とよくつるんでいた男だ。

「松山でいいんだな？」

「はい、お願いします」

先ほどの乱暴な口調と違い、丁寧で弱々しい。

内間はため息をついて前を向き、車を発進させた。

「おまえ、まだそんなチンピラみてえな形《なり》をしてんのか？」

「これは、その……」

「落ち着いてねえな。今、何やってんだ？」

「松山のキャバクラで働いてます」

「なんて店だ？」

「ゴールドラッシュという店です」

「ああ、熱田《あつた》が店長やってるとこか」

「知ってるんですか？」

「行ったことはねえけどな」

内間が言う。

熱田という男もまた、内間の一年後輩で、豊崎の仲間だった。

「おまえ、あそこのオーナーは仲屋《なかや》さんだろ」

「そうですけど……」

豊崎が言葉を濁《にご》す。

「あまり、いい噂は聞かねえぞ、あの人は。そっちの道に入っちまったか?」

「とんでもない!」

豊崎が顔を上げた。

バックミラー越しに目が合う。と、豊崎はすぐに顔を伏せた。

仲屋は、元座間味組の準構成員だ。座間味組解体後、島から姿を消していたが、半年前に戻ってきて、松山で店を始めた。

今では松山にキャバクラ三店舗を構える会社の代表を務めている。

仲屋は元々、半グレ上がりのチンピラだった。座間味組があった頃は、組の看板を利用して、松山で好き放題暴れていたが、後ろ盾をなくした途端、逃亡した。

しかし、半年前、何事もなかったような顔をして戻ってきたと思ったら、いきなり、松山でキャバクラを開いた。

女の子は、地元だけでなく、内地からも集め、クオリティーが高い店として、たちまち評判になった。

ただ、質が高い分、料金も高額で、時折トラブルも起こしているという噂は耳にしていた。

客とのトラブルが起こった時、たいがいは地回りの組関係者が間に入り、収める。

だが、仲屋は自分が赴き、トラブルを収めているようだった。

内間は不思議に思っていた。

仲屋はよく知っている。渡久地巌と同世代の先輩で、たまに巌にくっついてきたこともある。

巌が島を去ってからは、座間味組に出入りし、準構成員として、取り立てや用心棒まがいの仕事をしていた。

蛇のような顔をしていて、見た目は怖い。しかし、腕っぷしはそうでもなかった。ハッタリだけで勝負するタイプだ。

なので、座間味でも正式な組員になれなかったと聞いている。

そんな仲屋が、なんの後ろ盾もなく戻ってきて、松山で商売を始めるとは思えない。しかも、トラブルを自身で処理しているというのは、過去の仲屋を知る者からすると、信じがたい増長《ぞうちょう》ぶりだ。

このことは、内間たち、昔仲間の間でも噂になっていた。

ただ、もうみんなカタギとして生活しているので、深く追求することもなく、関わらないようにしていた。

「仲屋さん、座間味が潰れてからはすっかりカタギになりましたよ」

豊崎は空々しく言い添えた。

内間はバックミラー越しに豊崎を見つめ、小さく息をついた。

「まあ、本当にカタギになっているならいいが、仲屋さんがもしそっち関係とつながっているなら、あまり深入りするなよ」

「ホンモノになる気はないですから」

「ああ、ヤクザなんかになるな。もし、面倒なことになったときは言ってこい」

「ありがとうございます」

豊崎は頭を下げた。

内間は内心、面倒は持ち込まないでくれと思いつつ、兄貴面した手前、余裕を滲《にじ》ませ、微笑んでみせた。

7

前島《まえじま》交差点近くの古びたビルの一室に、仲屋光喜《みつよし》が経営する〈アイランドウェーブ〉のオフィスはあった。

松山に出店したキャバクラ三店舗は売り上げもよく、そこそこ羽振りはいい。今、四店舗目の出店も計画している。

「こんなにうまくいくとは、思わなかったなあ」

仲屋はハイバックの革張りの椅子に仰け反って脚を組み、窓の向こうを走るゆいレールを見つめた。

座間味組が解散した後、仲屋は沖縄を出た。そして、東京にいる知り合い宅を転々としつつ、今後どうするかを思案していた。

身を寄せた友人に誘われ、彼が働いているキャバクラのボーイとして働き始めた。

人に使われるのは面倒だったが、いつまでもふらふらしているわけにもいかない。

渋々働いていた時、店でトラブルが起こった。

慣れない都会暮らしの疲弊や、素人上司に使われている苛立ちも相まって、仲屋は騒ぐ客を外に連れ出し、暴行を加えた上で金を回収した。

組にいた頃やっていた仕事のようなものなので、特に罪悪感もなかった。

以降、ちょっとしたトラブルが起こるたびに、処理を頼まれるようになった。

働き始めて一ヶ月が経った頃、仲屋はオーナーの沢田《さわだ》俊平《しゅんぺい》に呼び出された。

やりすぎたか……と気にしつつも、そろそろ辞めたい頃だったのでちょうどいいかと思い、歌舞伎町《かぶきちょう》にある沢田の事務所に出向いた。

沢田は四十代前半で、都内各地にキャバクラを五店舗経営するやり手だった。

小ぎれいなスーツに身を包み、柔和《にゅうわ》な笑みを覗かせるその様は、六本木《ろっぽんぎ》ヒルズにいそうな若手経営者にしか見えない。

が、仲屋は実態を聞かされ、驚いた。

沢田は座間味組とも関係のあった波島組の企業舎弟で、組が縮小した後も財政を支えているという。

ヤクザに関わること自体はたいした話ではなかったが、構成員として所属するつもりはなかった。

末端の構成員がどうなるかは、身に染みて知っている。

看板があれば威勢を張れるが、落ち目になればたちまち敵対する組員から狙《ねら》われ、看板がなくなれば人間扱いされず、社会からはじき出されておしまい。

沢田の舎弟になれと言われれば、一も二もなく断わるつもりだった。

が、沢田が持ち出した話は意外なものだった。

組には所属せず、沢田の会社とも関係なく、仲屋の会社として、松山にキャバクラを運営する会社を設立してほしいという話だ。

経営ノウハウは教えるし、女の子も沢田の会社でスカウトした者を回すという。

それでいて、上がりはいらないということだった。

あまりに条件の良すぎる話なので、初めは断わった。

が、二度、三度と呼び出されては話を向けられ、断わりづらくなってきた。

そこで、沢田に真意を訊ねた。

沢田は重い口を開いた。

波島組は座間味組と結託し、松山の飲食店の利権拡大を目論《もくろ》んでいた。

しかし、その矢先、座間味組が潰される事態に陥った。

沖縄への足掛かりを失った波島組は、組の縮小や跡目《あとめ》相続もあり、一度は撤退したが、再び沖縄へ乗り出す機会をひそかに狙っていたという。

その先鋒《せんぽう》として、仲屋に沖縄へ戻ってほしいという趣旨だった。

組には属さないが、それではフロント企業と変わりない。何かあれば、矢面《やおもて》に立たされるのは仲屋自身でもある。

真意を聞き、ますます固辞しようと思ったが、最後は脅《おど》された。

断われば、東京湾が墓場になる、と——。

ヤクザの本質は知っている。沢田がそこまで口にした以上、退《ひ》くことはない。

仲屋は渋々引き受けざるを得なくなった。

沢田は、アドバイザーとして、桑原一也《くわはらかずや》という三十代の男を付けた。

アドバイザーという名目の監視役だ。わかってはいるが、拒否する権限はない。

仲屋は桑原を連れ、島に戻った。

桑原はさっそく、不動産屋を回って契約を済ませ、一ヶ月で内装工事を終え、一店舗目の〈ゴールドラッシュ〉を開店した。

仲屋は何もしなかった。いや、できなかったと言った方がいいか。桑原は、それほど手際よく事を進め、あっという間に店を開いてみせた。

資金もフロアレディーもすべて、沢田の会社がダミー会社を経由して提供した。

一店舗目は、内地のきれいどころが揃《そろ》っていると評判になり、たちまち人気店となった。

桑原はすぐさま二店舗目の開店に着手した。

今度は、沖縄県内のきれいどころを破格の時給と歩合《ぶあい》で集めた。それもまた評判になり、成功した。

わずか三ヶ月で、仲屋が代表を務めるアイランドウェーブは、松山でも指折りの店を展開する有名企業となった。

当然、昔からいる者たちは面白くない。その中には、座間味組に代わって、街を仕切ろうとしている組織もある。

様子を見ていた連中がゴールドラッシュに乗り込んできたのは、三ヶ月経ってすぐのことだった。

どこかの組の依頼を請《う》けた半グレが五人ほど、金属バットを持って店に押し入り、破壊を始めた。

黒服は従業員と女の子を逃がし、半グレたちを店内に閉じ込めた。

連絡を受けた仲屋と桑原は、急いで駆けつけた。

仲屋は内心、面倒なことになったと色を失っていたが、桑原は笑って言った。

仲屋社長、いい機会ですよ、と。

店に到着し、中へ入ると、五人の男は黒服に囲まれ、フロアの中央に集められていた。

破れた服は血だらけで、顔はわからないほど傷つき腫れている。中には手足が折れ、フロアに転がっている者もいた。

あまりに凄惨《せいさん》な現場を目《ま》の当たりにし、仲屋は立ち尽くした。

しかし、それで終わりではなかった。

桑原は、すっかり戦意を喪失している男たちにさらなる暴行を加えた。

その時、桑原はこう怒鳴り続けた。

「この街で仲屋さんに逆らったら、てめえら全員地獄に送んぞ、こら！」

ふるう金属バットに付いた血糊《ちのり》は飛散し、壁やフロアを赤く染める。

半数はもう意識がなく、かろうじて意識のある二人も朦朧《もうろう》としていた。

その後、店を襲った五人は、県内の北から南まで各地で傷ついた状況で発見され、病院に収容された。

傷害事件として捜査が入ったが、桑原の息のかかった黒服の一人が自首をし、店を急襲されてやむなく反撃したと言い通した。

もちろん、他の従業員や現場を目撃していた客も口裏を合わせた。

暴行を受けた男たちも報復を恐れ、桑原や仲屋のことは語らなかった。

以来、裏の界隈《かいわい》では、仲屋に逆らうと半殺しにされるというコンセンサスができあがり、今では仲屋が顔を出すだけで騒動が収まるようになった。

仲屋は何もしない。顔を出し、やめろと言うだけ。それでも騒ぐ者は、桑原が連れてきた黒服が〝別室〟で話をつける。

今では、街を歩いていても、仲屋に因縁《いんねん》を付けるような昔からの知り合いもいなくなった。

正直、力を持ったようで心地はいい。一方で、それはすべて借りものだということも重々承知している。

桑原には、堂々としていてください、と言われているものの、調子に乗って威勢を張っている時に、もし桑原たちが手を引いたら、それこそ二度と島には戻れなくなる。

今の身分を謳歌《おうか》したいが、後ろ盾を失ったヤクザの末路はみじめだ。

仲屋は、仕事は仕事としてこなしつつも、なるべく敵対する者に目を付けられないよう、派手な言動や遊興は慎んでいた。

それが落ち着きを演出し、かえって大物然とした空気を生み出していた。

とりあえず、あと二、三年はこのまま社長業を引き受け、金が貯まったら後進に譲ろうと目論んでいた。

ドアがノックされた。

「なんだ」

返事をする。

ドアが開いた。桑原が顔を出す。

「社長、お客さんです」

「誰だ？」

ドア口に目を向ける。

と、桑原を押しのけるようにスーツ姿の男が姿を現わした。

「あ、沢田さん！」

組んでいた脚を解き、あわてて立ち上がった。

「おー、元気そうだ。店はうまくいっているみたいだな」

「おかげさまで。どうぞ」

執務机の前にあるソファーを手で指した。

桑原が案内する。沢田は二人掛けソファーの真ん中に腰を下ろした。

「どうしたんですか？　来るなら連絡をくだされば、迎えに行かせたんですが」

「急に沖縄へ来ることになったんだ。せっかくなんで、たまには、ゆいレールに乗ってみようと思ってな」

「どうでした、ゆいレール？」

「できた頃は物珍しさもあってそこそこ楽しめたが、今はもう、普通に県民の足になってしまったんだな。内地の電車と変わらない」

「もう十五年以上になりますからね。観光客が多い時は、東京の満員電車かと思うほど込んでますし」

話しながら、仲屋は沢田の対面に浅く腰かけた。

「桑原、一番高い酒、持って来い」

仲屋が命じる。

桑原が頭を軽く下げ、部屋を出ようとする。

「あー、酒はあとでいい。桑原。おまえもいてくれ」

「はい」

桑原は仲屋の隣に座った。

沢田は二人を交互に見やった。桑原は平然としていたが、仲屋の顔はやや硬くなった。

「実はな。少し頼まれてほしいことがあるんだ」

「なんです？」

　桑原が訊く。

　沢田はスマートフォンを出した。指先で操作し、画面に写真を表示する。

「この男を痛めつけてほしい」

　テーブルに置く。

　二人は覗き込んだ。髭面《ひげづら》で濃い顔の男が映っていた。

「誰ですか、これは？」

　仲屋が訊いた。

「浦崎栄信という男だ。うちの親父が沖縄の南部開発計画に絡んでるんだが、その反対運動の先頭に立っているヤツだ」

「南部とは、糸満とか喜屋武のことですか？」

「そうだ」

「喜屋武ですか……」

　仲屋は渋い表情を浮かべ、うつむいた。

「怖いか？」

　沢田が問う。

「正直……あそこはあまり手を出したくないですね。ちょっと特殊というか、違いますから、このあたりとは……」

「親父も同じことを言っていたが、やらねえと話が進まないんだ。やってくれるよな？」

沢田は仲屋を見つめた。

仲屋はうつむいたまま、返事ができない。

「俺がやりますよ」

桑原が言う。

「いや、親父の話じゃ、地元の人間じゃねえとダメだって話なんだ。どういうわけか知らないが、親の言うことは絶対だからな。頼めねえか、仲屋」

「顔を隠してやっちまえばいいんですよ、社長」

桑原は言った。

「相手は一人でしょう？　うちで働いてる島の人間を二人くらい連れて、三人で襲えば、社長がやられることもないですよ」

「そうだな。殺すことはねえんだ、仲屋。ビビらせてくれりゃあいい。どうだ？」

沢田は直視する。

仲屋は上目遣いにちらりと沢田の顔を見た。顔は笑っているが、目は笑っていない。

仲屋は深くうつむいて、拳を握り締めた。震える。

しかし、沢田が親父と呼ぶ波島組の組長から向けられた話。断わる選択肢はなかった。

仲屋はやおら顔を起こした。

「わかりました。やります」

「さすが、俺が見込んだ男だ」

沢田は笑みを濃くして、深くもたれた。

「いつまでですか？」

「早い方がいい。俺は三、四日、こっちで遊んでいくから、その間にやってくれるか？」

「わかりました」

実行を見届けるということか——。

仲屋は逃げられないと悟り、身震いした。

8

豊崎は熱田と開店準備をしていた。

「今日も忙しいんかなあ」

グラスを磨きながら、豊崎がつぶやく。

「うちは人気店だからさ。まあ、忙しい分だけ給料も上がる。ちばりよー」

「そうだやー」

豊崎は息をつき、拭《ふ》き終えたグラスを棚に並べた。

ドアが開いた。仲屋と桑原の姿を認める。豊崎と熱田は手を止めて直立した。

「お疲れさんです！」

二人の声に気づき、フロアにいた黒服や女の子たちも立ち上がって一礼した。

「みんな、今日もよろしく」

仲屋はフロアに笑顔を向けた。

「熱田、豊崎、ちょっと来てくれ」

桑原が言う。

仲屋と桑原が事務所へ入っていく。熱田は他の黒服に準備を指示し、豊崎と共に事務所へ行った。

桑原と仲屋が並んでソファーに座っている。二人は仲屋たちの前に立った。

「二人とも、よく働いてくれてありがとうな。おかげで、会社の売り上げも順調だ」

仲屋が言う。

いきなり褒められ、熱田と豊崎は顔を見合わせて照れ笑いを覗かせた。

「一号店開店当初から、おまえらがしっかり働いてくれたから、今の成功があると思っている。これからも頼むぞ」

「はい！」

二人が声を揃えた。

「そんな頼れる君たちに、少し頼みがあるんだ」

桑原が口を開いた。ゆっくりと二人を見やる。

「ちょっと、社長と大事な仕事をしてもらいたい」

桑原が真顔で言う。

熱田と豊崎の顔が緊張で強ばった。

「どういう仕事でしょうか？」

熱田が仲屋に顔を向けた。

「襲撃だ」

仲屋はストレートに切り出した。

熱田と豊崎の顔からかすかに残っていた笑みが消えた。豊崎は唾《つば》を飲み込んだ。

「商売敵《がたき》ですか？」

熱田が訊く。

「いや、俺たちとはまったく畑の違う男だが、やらなきゃならなくなってな。で、俺の周りで最も信頼できるおまえらに手伝ってもらいたい」

仲屋が下から見つめる。

有無を言わせない眼力だ。二人はうつむいた。

「仕事が終わるまで、店は俺が回しておくから心配するな。君らは社長の指示に従って動け。いいな」

桑原が言う。

「いつからですか?」

豊崎が訊いた。

「今からだ。着替えてこい」

桑原が命じた。

熱田と豊崎は顔を見合わせ、渋々事務所を出た。

「あいつらで大丈夫か?」

仲屋は閉まったドアを見つめた。

「一応、島の人間で、ということなんで、仕方ないですよ。他は、県外から連れてきた連中ばかりですから。まあ、あいつらがどうだろうと、社長がガツンとかましてくれたらいいだけですから」

桑原が笑う。

気楽なもんだな……と思いつつも、仲屋は笑みを返した。

二人が着替えて戻ってきた。

「よし、じゃあ君らは、社長と行ってくれ。俺はこのまま店を開くから」

桑原が立ち上がった。

「社長、よろしくお願いします」

直立して、頭を下げる。

仲屋はおもむろに立ち上がった。従業員の前で気弱な様を晒《さら》すわけにはいかない。

手下を付けたのも、このためか――。

沢田や桑原に嵌められているようで忌々《いまいま》しいが、このまま流れるしかない。

「車は下に待たせていますので」

桑原は言い、頭を下げた。

「じゃあ、頼んだぞ」

仲屋は偉そうな態度を気取り、熱田と豊崎を連れて事務所を出た。

桑原は頭を下げたまま、ほくそ笑んだ。

9

仲屋ら三人は、桑原が用意したマンションの一室で時を待った。

下調べは、桑原の部下が行なっている。仲屋たちは、桑原からの知らせを待って、襲撃するのみ。

お通夜のようなひきこもり暮らしが丸二日続いた。

仲屋は、できればこのまま、桑原から連絡がこないことを祈っていた。

熱田と豊崎も同じ気持ちなのか、マンションで寝食を共にしているものの、ほとんど言葉を交わさない。

そして、三日目の午後一時すぎ、桑原から連絡が入った。

「――うん、そうか、わかった」

仲屋が電話を切る。

リビングで仲屋の脇にいた熱田と豊崎が、仲屋の顔をまじまじと見つめた。

仲屋が二人を見返す。

「今晩、浦崎を襲撃することになった」

仲屋の口から、思わずため息がこぼれる。

「浦崎は糸満で農業関係者と会合をして、午後十時すぎに家に戻る予定らしい。ヤツの車は、小波蔵交差点から県道3号線を南下してくる。俺たちは、三百メートルほど南で待ち伏せて、そこを襲う」

桑原からの指示を熱田と豊崎に伝える。

「社長、どうしてもやんなきゃならないんですか?」

豊崎が訊いた。

「いろいろあるんだよ。覚悟決めろ」

仲屋は自分に言い聞かせるように、強い口調で言った。

豊崎は押し黙り、うつむいた。

「社長。浦崎の車を停めて、襲うんですよね。浦崎以外の誰かが乗っていたらどうするんですか？」

熱田が訊く。

「それは……」

仲屋は返答に詰まった。腕組みをする。少し思案し、熱田を見やった。

「浦崎自身を襲わなくてもかまわない。車を壊せ。要するに、脅しをかけりゃいいだけだからな」

仲屋の頬に笑みが浮かぶ。

自身で言いながら、この手があったと気づいた。

何も人間を壊す必要はない。脅せばいいわけだから、車をめちゃくちゃに破壊するだけでいい。普通の者なら、十分怯《おび》える。

「浦崎や他のヤツが出てきたら、どうするんですか？」

豊崎が訊く。

「一発殴って、また車を叩き壊せばいい。人にも暴力を振るうとわかって、さらに車をぶっ壊せば、逆らわないだろう」

「そうですね！　そうします！」

豊崎の顔にも笑みが浮かんだ。

熱田もホッとしたように頰を緩めた。

「一つだけ言っておくぞ。何があっても、浦崎や他の連中を殺すな。殺しになったら、面倒な話になる。何発かぶっ叩いて、車をぶっ壊したら、適当なところで退く。勝手な真似はするな。わかったな」

仲屋に言われ、熱田と豊崎は首肯した。

「道具、揃えとけ」

「はい」

二人は立ち上がり、襲撃に使う目出し帽やバットを用意し始めた。

10

午後十時を回った頃、安里真栄はハンドルを握っていた。

助手席には浦崎が乗っていた。ぐったりとシートにもたれている。

「栄信さん、飲み過ぎですよ」

「しょうがねえだろ。飲まなきゃやってられねえ」

浦崎は少し大きな声で言い、酒臭い息を吐いた。

安里は苦笑した。

浦崎が飲んでしまうのも無理ないと思う。

今日は、糸満市中心部の居酒屋で、真栄里周辺の農業関係者と会合を行なっていた。出荷予定や今後の生産計画を話し合うものだったが、その中で南部開発の話も出た。

南部開発については一枚岩かと思いきや、実はそうでもない。

中には、自分の畑を売ってもいいと考えている者もいる。

先祖代々受け継いだ土地は、島人《しまんちゅ》にとっては大事なものだ。一方で、沖縄でもご多分に漏れず、農業就労者の高齢化や後継者不足は深刻だった。

そんな中、一部の農業従事者からは、この機会に南部にも観光業を取り込んでもいいのではないかという意見も出始めている。

安里たちのように、若手として、先祖の土地を守りながら農業を営んでいる者にとって受け入れがたい意見ではあるが、自分たちが死ねば、結局、先祖代々の土地は荒れてしまい、それこそ申し訳が立たないとするおじいやおばあの気持ちも理解できないわけではない。

そして、若手たちが、南部や島の風土や伝統を守り続ける有効な策を打ち出せていないのも現実だ。

「おまえ、よく飲まずにいられるな」

「車で来てるんだから、飲んじゃダメでしょう」

安里が呆《あき》れて微笑む。

「このままじゃ、開発しようとする連中の思惑《おもわく》通りになっちまう。いいのか、それで！いいのか！」

浦崎はろれつの回らない舌でまくし立てた。

「よくないですよ。だから、栄信さんと一緒に抗議運動したり、土地を手放そうとしているおじいたちを、共に説得してるんじゃないですか」

「そうだな……そうだったな……」

浦崎がうなだれる。

「なあ、真栄。俺は間違ってるのかなあ」

「何がです？」

「俺はなんとか、島を、南部を守りたい。だが、そのせいで苦しい思いをする人もいる。何かを守るために、一部の人を苦しくさせるのは本末転倒なんだろうかなあ」

浦崎がめずらしく弱音を吐いた。

無理もない。

最初は、真栄里や喜屋武の農家が一丸となって反対運動を行なっていたが、この頃はその熱も冷めつつある。

若手の中に、おじいたちの話を聞いて、自分の将来を考える者も出始めたからだ。

土地や伝統を守るのは大事だ。が、理想だけでは生きていけない。インバウンドで潤《うるお》っている那覇市内や北谷あたりの様子を知ると、迷いも出てくるのは当然のことだ。

中には、土地の買取値段を吊り上げるために、反対運動に参加しているとみられる者もいる。

地元選出の古城県議もなかなか動かない。

浦崎の苛立ちと葛藤《かっとう》は、安里にも手に取るようにわかった。

「間違ってるかどうかじゃなくてですね。俺は島人だから、島の暮らしや伝統は守りたい。それだけです。その思いに正しいも間違いもないと思いますよ」

「そうだよなー。うん、そうだ」

浦崎の上体が頷くたびに舟を漕《こ》ぐ。

安里は横目で一瞥《いちべつ》して微笑み、言った。

「そういう思いを持ってるウチナーもいるということは、声を上げなきゃ伝わらない。結果はどうなろうと、それでいいんじゃないですかね」

「そうだ！　いいこと言った、真栄！」

浦崎が二の腕をバシンと叩く。ハンドルが取られそうになり、車体が蛇行《だこう》する。

「危ないなあ！　二人で事故るのはカンベンですよ」

安里は車のふらつきを戻し、小波蔵交差点を右折した。

真っ暗な県道を、安里たちの乗る車のヘッドライトだけが照らす。

「もうすぐですよ。寝ないでくださいね」

「わかってる！　わかって……」

言いながら、大あくびをする。

「寝ないでくださいって」

安里は再度声をかけた。

浦崎は一度眠ると、めったなことでは起きなくなる。

「栄信さん！」

安里は左手で浦崎の二の腕を握り、揺すった。一瞬だけ、前方から視線が外れる。

この時間、すれ違う車はめったにない。

顔を前方へ向ける。

と、いきなり、ヘッドライトが車体を捉えた。黒い車体がぬらりと光る。

安里は驚き、ハンドルに手を戻して、ブレーキを踏み込んだ。滑るタイヤの音が闇に広がる畑に響く。

こくりこくりしていた浦崎のシートベルトが軋み、顔をしかめる。

「何してんだ！」

浦崎は目を覚まし、怒鳴った。

車が停止する。

「いや、車があったもんで」

安里はフロントガラスの先を見やった。浦崎も顔を上げる。

黒いSUVが道路を塞《ふさ》ぐように横向きに停まっていた。ライトは点《つ》いていない。窓にはスモークが貼《は》られていて、中の様子もわからない。

「誰だ、こんなところに車停めてんのは」

浦崎が前を睨む。

と、後部ドアが開いた。

「なんだ……？」

安里は目を凝《こ》らした。

するといきなり、男二人が走ってきた。目出し帽をかぶっている。手にバットを握っているのが見えた。

安里はバックギアを入れようと、左手をシフトレバーに伸ばした。

が、その前に男たちが突っ込んできた。ボンネットで左右に分かれ、バットを振り下ろしてくる。

フロントガラスにひびが入った。浦崎と安里は両腕を上げ、顔をガードした。

男たちはバットを振り回した。ドアガラスが割れた。粉々になったガラスが、二人の頭や顔に降り注ぐ。

「なんなんだ、こいつら！」

安里が叫ぶ。

男たちは狂ったように、バットでガラスやボディーを叩きまくる。リアガラスも割れた。

浦崎が声を張った。

「真栄！　踏め！」

「何を！」

「アクセルを踏め！」

「ドライブですよ！」

「かまわん！　踏め！」

浦崎が怒鳴った。

安里はハンドルを握り、アクセルを踏み込んだ。スキール音が響いた。

車が急発進する。フロントが黒いＳＵＶの横腹に突っ込んだ。

ＳＵＶが浮き上がるほどの衝撃だ。ひびの入っていたフロントガラスが砕け散り、エアバッグが飛び出した。

安里と浦崎は、顔面を弾かれ、後頭部をシートに打ちつけた。エンジンルームから白い煙が上がる。

二人はドアを蹴った。シートベルトを外し、外へ転がり出る。

バットを持った二人の男は、呆然《ぼうぜん》と突っ立っていた。まさか、自分たちの車に突っ込むとは思っていなかったようだ。

安里は車体に手をかけ、立ち上がった。エアバッグの衝撃で口辺が切れ、血が滲んでいる。

反対側で浦崎が立ち上がった。浦崎はバットを持った男たちを睨んだ。眉が吊り上がり、鬼のような形相《ぎょうそう》になっている。

「おまえら、何もんだ！」

野太い声が闇に響く。

男たちはたじろいだ。

「こんな真似して、ただで済むと思うなよ！」

浦崎はさらに吠《ほ》えた。

男たちが後退《あとずさ》りをする。目はあきらかに怯えている。それでも逃げようとしない。

おかしいな……。

安里が違和感を感じた時だった。

目の端に影がよぎった。浦崎の方を見やる。背後に人影があった。手に持ったバットを振り上げている。

「栄信さん！」

声を張る。

浦崎も気配に気づき、振り向こうとした。何者かが浦崎の頭上にバットを振り下ろした。

鈍い音がした。側頭部が割れた。血が噴き出し、左眼のあたりを赤く染める。

男は跳ね上がったバットを真横に振った。浦崎の頰にバットがめり込んだ。男がバットを振り抜く。

浦崎はよろけて、路上に倒れた。

「栄信さん！」

安里はボンネットに飛び乗った。

「何するんだ、おまえは！」

駆けだし、飛び蹴りを放つ。男は後ろに飛《と》び退《の》いた。

安里の蹴りは空を切った。そのまま、浦崎の下に駆け寄る。路上には、浦崎の歯と血糊がこぼれていた。

「大丈夫ですか！」

抱き起こそうとする。

浦崎はその腕を払った。浦崎の腕が顔にあたり、安里が尻もちをつく。

浦崎がゆらりと立ち上がった。

まずい……。

浦崎は傷ついているにもかかわらず、口角を上げていた。見開いた目から飛び出しそうな眼球が血走っている。

「おまえら、逃げろ！」

「殺されるぞ！」

安里が叫んだ。

「何言ってんだ、おまえ？」

浦崎を殴った男は、くぐもった声で言った。隠れた口元に笑みが滲んでいる様が見て取れる。

「やばいんだ！　栄信さんがこの顔になると！　酒も飲んでる。歯止めが利かない！」

「ふらーやあらんか？」

男は〝バカじゃないか〟と言った。

「おまえ、島のもんか」

浦崎が一歩踏み出した。

安里は後ろから腹に腕を回した。

「栄信さん、やめましょう！」

止めようとする。が、安里は引きずられた。

「ただで済むと思うなよ」

一歩一歩、男に近づいていく。

余裕を見せていた男も、浦崎の迫力に気圧され、知らぬ間に後退していた。

「さっさと行け！」

安里が叫んだ時だった。

後頭部に衝撃を覚えた。呻き、目を剝く。振り返ろうとする。頭頂を殴られ、たまらず両膝《りょうひざ》を落とした。

さっきまで離れていた男たちが、安里を襲っていた。

浦崎から腕が離れる。

「おまえら……」

安里が男を見上げる。

男がバットを水平に振り、安里の顔面を狙った。

安里は額を突き出した。バットを額で受け止める。

「な……！」

男は驚き、目を丸くした。

安里はバットを握り、立ち上がった。

圧倒的な握力でバットをねじり、もぎとる。

割れた額の血にまみれ、目の前の男を睨む。浦崎と違わぬ鬼がそこにいる。

「死にてえのか、おまえら！」

吠えた瞬間、後ろから膝裏をバットで殴られた。

安里の両膝が再び折れる。

バットを取られた男は安里の顎《あご》を蹴り上げた。安里が口から血を吐き出し、真後ろに倒れた。後頭部を打ちつけ、意識が朦朧とする。手からバットがこぼれた。体が動かない。

もう一人の男がそろりそろりと浦崎の背後ににじり寄る。

「や……め……」

安里は声を絞り出した。が、男には届かない。

男がバットを振り上げ、浦崎の背中を殴った。

しかし、浦崎はびくともしなかった。振り向きざま、拳を握った左腕を水平に振った。

男はバットを握った両腕をとっさに顔の前に立てた。が、浦崎は男を腕ごと弾き飛ばした。

男は後方へ飛び、ガードレールに腰からぶつかった。勢い余り、腰を支点にして、男の体が半回転した。

男の後頭部がアスファルトに叩きつけられた。鈍い音と呻《うめ》きが聞こえる。男はガードレールに足を引っかけたまま、仰向けになり、動かなくなった。

「やー！」

もう一人の男がバットを拾い、〝おまえ！〟と叫んで、向かっていく。

浦崎が振り向いた。男がバットを振り下ろす。それを、浦崎は左手一つで受け止めた。

浦崎が右腕を引いた。拳を固め、突き出す。

男の顎に拳がめり込んだ。男は奇妙な呻き声を漏らした。首が折れたかと思うほど、顔が前に傾いた。

バットから手を離した男は、そのままストンと両膝から落ちた。

浦崎はバットのグリップを握った。振り上げる。

栄信さん、いけない！

掠《かす》れそうな意識の中で、安里が叫ぶ。しかし、届かない。

浦崎は容赦なく、両膝を突いた男の頭部にバットを振り下ろした。

ごっ……と鈍い音がした。男はそのままゆっくりと前のめりに倒れた。目出し帽からにじみ出た血が、アスファルトにあふれる。

浦崎は振り向いて、残った男を見た。

あまりの強さにおののき、SUVの後方にまで下がっている。

浦崎はSUVに歩み寄った。

「おまえら、よく覚えとけ。車を破壊する時は、こうやるんだ」

言うなり、バットを振り回した。

一発でフロントガラスは砕けた。衝撃でエアバッグも開いた。

浦崎はボンネットを叩いた。天板が歪《ゆが》み、開く。ひたすら叩き続け、エンジンが粉々に破壊されていく。

助手席のドアを開いた。そのまま揺さぶり、ドアを剝《は》ぎ取る。ガランと音を立て、壊れたドアが路上に転がった。

そこからまた、車の前後あらゆるところを、バットで叩き回す。

ガンガンと金属音と破壊音が響く中、気がつけば、残った男は仲間を残して、消えていた。

浦崎は大きく肩を上下させて一つ息をつき、曲がったバットを投げ捨てた。

安里に歩み寄る。片膝をついて、安里を抱え、肩に乗せた。

「栄信……さん……」

「心配するな。手加減した。殺しちゃいねえ」

「先に病院だ。どうせ、こいつら動けねえよ」

そう言って笑みを見せ、歩き出した。

「警察に……」

11

ガードレールの向こうに落ちた豊崎は、意識を取り戻して体を起こした。

座り込んで目出し帽を脱ぎ、頭を振る。口の中に鉄の味を感じる。唾を吐き出すと、血混じりの唾液と共に折れた歯が飛び出した。

「あいつら、バケモンか……」

もう一度、頭を振り、立ち上がった。

路上を見る。

目出し帽の男が一人、倒れていた。

豊崎は浦崎たちがいないことを確認して、路上に駆け出た。

突っ伏した男の脇に片膝をついて、仰向けに返す。目出し帽を取る。熱田だった。

「おい、熱田！　大丈夫か！」

声をかける。

顎が潰れ、顔が短くなっていた。口元と頭部からはおびただしい血があふれていて、目出し帽は血を含んで重くなっていた。

「おい！　おい！」

腕を叩いてみる。が、ピクリとも反応しない。

「マジか……」

死んでいると思った。

途端、全身に鳥肌が立ち、震えが来る。

「冗談じゃねえぞ……」

豊崎は立ち上がった。

「知らねえぞ。俺は知らねえぞ」

熱田を見つめたまま、少しずつ後退りをする。

そして、踵《きびす》を返し、走りだした。

12

仲屋はバットを持ったまま、目出し帽を脱ぐのも忘れ、真っ暗な畑の中を走っていた。

夜の畑は怖い。どこにハブがいるかもしれない。しかし、今、仲屋が恐れているのは、浦崎だった。

捕まれば、確実に殺される。

南部の人間が怖いことは知っていた。が、まさか、これほどまでに恐ろしいとは想像もしていなかった。

畑を抜け、道路に出る。暗い道路を、周りを警戒しつつ、糸満市内へ向け歩く。

と、車が近づいてきた。

仲屋は脇の茂みに飛び込んだ。

車が停まり、男が降りてくる。

「社長」

声が聞こえた。

桑原の声だ。

仲屋は茂みから出た。

「よかった」

桑原が笑みを覗かせた。

「何やってんだ、こんなところで」

仲屋は桑原に近づいた。

「社長の身に何かあっちゃいけないと思って、内緒で部下に様子を見させていたんです。

そうしたら、浦崎が暴れているという一報が入って、急いで来ました」

桑原が言う。

だが、仲屋は訝《いぶか》っていた。

いくら、部下に見張らせていたとはいえ、一報を受けて前島から飛んできたにしては早すぎる。

「熱田と豊崎は？」

「ご心配なく。収容して、病院へ連れて行っています。壊された車も処分しています。社長も早く、ここから離れましょう」

桑原は、仲屋が手にしていたバットのグリップを握った。

仲屋は流れの中で自然にバットを手渡した。

運転席にいた部下が降りてきて、後部ドアを開ける。仲屋は乗り込もうと近づいた。

と、いきなり、頭部に衝撃を感じた。たまらず、片膝を落とす。

「何……」

顔を上げ、振り向く。

その顔面にバットがめり込んだ。鼻頭がひしゃげ、前歯が砕け、口と鼻から血が噴き出す。

仲屋はたまらず、車のボディーを背に座り込んだ。

「な、なにを、する……」

目出し帽の中に、口に溜《た》まった血があふれる。

「何じゃねえよ」

桑原は仲屋の腹部に爪先《つまさき》を蹴り入れた。

仲屋は呻き、腹を押さえて前屈みになる。吐き出した胃液が目出し帽を濡《ぬ》らした。

車が動いた。少し離れたところで停まる。

「脅す相手にやられてちゃ、意味がねえ。やっぱ、使えねえな。盃をもらえねえヤツは」

「なんだと……」

仲屋は震えながら顔を上げ、睨んだ。

「まあ、チンピラにはチンピラの使い道はある」

桑原は肩を蹴飛ばした。仲屋が仰向けに転がる。

「てめえも……チンピラだろうが」

「悪いな。俺は波島の親父から盃をもらってる。本物だ」

にやりとする。

仲屋の目が引きつった。

「だから、こんなこともできる」

桑原はバットを振り上げた。

「じゃあな、社長」

「ま……待て……」

仲屋は逃げようとしたが、恐怖と後頭部を殴られたことによる痺れで体の自由が利かない。

バットが闇を切って降りてくる。

「待って……ま……！」

バットは仲屋の顔面にめり込んだ。目出し帽から血がしぶいた。

桑原は涼しい顔で、二度、三度とバットを振り下ろした。

呻きを漏らし、痙攣《けいれん》していた仲屋は、やがて声を出さなくなり、動かなくなった。

目出し帽の下にあるはずの顔の形が奇妙に歪んでいた。

桑原が乗ってきた車とは別に、もう一台の車がヘッドライトを落とし、近づいてきた。

桑原たちの車の前で停まり、男が降りてくる。手袋をした手には曲がったバットが握られていた。

桑原に駆け寄る。

「浦崎が車を破壊したバットがこれです」

「そいつで殴れ」

仲屋を見やる。

男は曲がったバットで息絶えた仲屋の顔を殴り始めた。打たれるたびに、仲屋の体が弾《はず》む。

もう一人の男が桑原に歩み寄った。

「熱田は殺しました。ですが、豊崎の姿がありません」

「何やってんだ。しっかり見張ってろと言っただろうが！」

桑原は平手打ちを食らわせた。

「すみません」

男が頭を下げる。

「捜して殺せ。サツに駆けこまれたら面倒だ」

「わかりました」

男が車に戻る。

「おい、もういいぞ」

桑原は仲屋を殴打している男に声をかけた。

男は血の付いたバットを茂みに放った。自分が乗ってきた車に走る。

桑原は仲屋を冷ややかな目で一瞥し、自分が振るったバットを持ったまま、後部座席に乗り込んでドアを閉めた。

二台の車がゆっくりと現場を離れていく。
雲間から覗く月明かりが、屍《しかばね》と化した仲屋を照らした。

第三章

1

竜星は、真昌の父、安里真栄が入院したと聞いて、学校からいったん家に帰って着替え、紗由美が用意した果物カゴを持って、名城バイパス沿いにある大病院を訪れた。

南部地域の医療を支える基幹病院で、外科や内科はもちろん、リハビリテーションセンターもある。

竜星は受付で手続きを済ませ、四階南側の病棟を訪れた。

真栄は、給湯室に近い病室に収容されていた。ノックをし、引き戸を開く。

四人部屋だったが、手前の二床は空いていた。奥の左右のベッドはカーテンで仕切られている。

竜星はそろりと奥へ進んだ。左手のカーテンの隙間《すきま》に、真昌の母の姿が見えた。

「失礼します」

カーテンの奥を覗く。

ベッドの脇に、真昌本人と真昌の母、喜美《きみ》が座っていた。

「おー、竜星。来てくれたんか」

真昌が笑顔を向ける。

「うん。おばさん、ご無沙汰《ぶさた》してます」

竜星は一礼して、中へ入った。

「わざわざ、ありがとうね」

「いえ。これ、母からです」

竜星は紗由美から預かった果物カゴを喜美に渡した。

喜美は笑みを浮かべて立ち上がる。その目は腫れていて、クマもひどい。疲れた様子だった。

「ありがとう。紗由美ちゃんにもよろしく伝えといてね」

「はい」

竜星は頷き、ベッドに横たわる真栄の姿に目を向けた。

頭には白い包帯が巻かれていた。点滴の管が腕に通され、酸素マスクを付け、苦しそうに眉間に皺を寄せ眠っている。

「おじさん、どうですか?」

「ケガがひどくてね……」

喜美の涙袋が膨《ふく》れる。

竜星は顔を伏せた。

「まあ、大丈夫だよ。うちのクソ親父は、この程度のケガでくたばりゃしねえ」

真昌が気丈《きじょう》に笑う。その顔にも心労が滲んでいた。

「母も、仕事が落ち着いたらうちのおばあと見舞いに来たいと言っているので、帰ったら様子を伝えておきます。長居しても悪いので、失礼します」

竜星は頭を下げ、踵を返した。

病室を出る。と、真昌が追ってきた。

「竜星、急ぐんか?」

「いや、大丈夫だけど」

「ちょっと付き合え」

エレベーターホールへ歩きだす。

「おばさん一人でいいのか?」

「平気平気。二人で張りついてても息が詰まるだけだからさ」

エレベーターに乗り込み、一階へ降りる。

二人はコーヒーショップでコーヒーを買い、病院の外に出た。玄関脇のベンチの端に並んで座る。

真昌はコーヒーを一口飲んで、大きく息をついた。

「楢さん、朝に顔出すって言ってたけど、来たんか？」

「ああ、午前中に駆けつけてくれたんだけどな。県警の比嘉さんも一緒だった」

「警察が？　比嘉さんって、本部の組対の人じゃなかったっけ」

竜星の言葉に、真昌が頷く。

「見舞いに来た後、少し楢山さんから話を聞いたんだけどな。親父らは、小波蔵交差点のあたりで襲われたらしい。隣のベッドもカーテンが閉まってたろ」

「ああ」

「あそこには、浦崎さんっていう人が寝てる。昨日、親父は浦崎さんと出かけてて、帰りに襲われたんだと。浦崎さんは親父より重傷だ。それなのに、現場から血だらけのまま親父を抱えて、歩いて病院まで来たと言ってた」

「すごいな……」

「浦崎さんはすげーよ。楢山さんや金武先生も強えけど、浦崎さんも南部じゃ最強だからな」

「あー、ひょっとして、真栄里の浦崎さんか？」

「そうそう。おまえ、那覇《なは》に行っちまったから会う機会もなかっただろうけど、オレは、親父も浦崎さんも農家やってる関係もあって、ガキの頃から知ってる。ちっこいんだけど、ゴリラみてえな人で、中学生の頃、ビンタ食らった時は吹っ飛んだもんなー」

「そんなにか！」

「そんなにだ」

真昌はコーヒーを飲んで、喉《のど》を湿らせた。

「そんな浦崎さんがめった打ちされてんだもんな。ホントに急襲《きゅうしゅう》されたんだよ」

話しながら、カップを握《にぎ》る。

「それにな……。おまえ、楢山さんから何か聞いてねえのか？」

「いや、楢さん、朝出たっきり、帰ってないんだ。何か、他にもあったのか？」

「うーん……」

逡巡して、手元を見つめる。少しして、やおら顔を上げ、竜星に顔を向けた。

「比嘉さんと楢山さんが話しているのをちらっと聞いたんだけどな。親父らが襲われた現場で死体が見つかったんだと」

「えっ」

竜星は目を見開いた。

「ぼっこぼこにされた車とか、血まみれの目出し帽とか、折れた歯なんかも見つかってるらしい。近くの畑には別の死体があって、浦崎さんの指紋《しもん》が付いた血まみれの曲がった金属バットも見つかったんだと」

「まさか、浦崎さんが殺したのか？」

竜星は眉根を寄せた。

「浦崎さん、普段は優しいんだけど、怒ると手が付けられねえところがあってな。酒が入るとなおさらだ……」

手元を見たまま、深く息をつく。

「……いや、でも、おかしいな」

竜星が気づいたように上を向いた。

真昌が竜星を見やる。

「何がだ？」

「暴漢《ぼうかん》に襲われて、返り討《かえう》ちにしたという話なら、強盗や殺人だから、捜査一課の人が来るはず。けど、来たのは組対の比嘉さんだろ？　組対は銃器とか外国人犯罪とか暴力団関係の事件を扱うところだ。なんで、ただの暴漢の事件に組対が来てるんだ？」

最後は、自分の疑問を口にしていた。

「そんなの、知らねえよ」

真昌はまた深く息をついた。

「もうすぐ、島ニンジンの収穫時期なのに。親父いないのはまいったな。母ちゃんも親父に付きっきりだろうし」

島ニンジンは、方言で黄色い大根を意味する〈チデークニ〉と呼ばれる沖縄特産のセリ科の冬野菜だ。

見た目はゴボウに似ているが、あっさりとしている。カロテンを多く含む滋養食《じようしょく》で、豚のレバーと共に鰹出汁《かつおだし》で煮込んだ〈チムシンジ〉という汁物は冬の定番でもある。

夏時期に種を蒔《ま》き、十一月から二月末頃までに収穫される、沖縄では代表的な冬野菜だった。

「おじさん、そんなに悪いのか？」

「命に別条はないって話なんだけど、頭やられてるから、後遺症が出るかもしれねえって」

真昌は目を伏せた。

「大丈夫。おまえも言ってただろ。おじさん、そんなにヤワじゃないって」

「……だな」

真昌はうつむいたまま、笑みを覗かせた。

「島ニンジンの収穫、僕も手伝うよ」

「いいよ。おまえは学校があるだろ？」

「おまえだって、学校じゃないか」

「オレはいいんだよ。行っても行かなくても変わんねえし」

真昌が自嘲する。

「なんかあったら、遠慮なく言ってくれよな。わったー、いちばんどぅしやくとぅ」

「おっ、おまえが島言葉使うの、めずらしいな」

真昌が笑顔になる。

竜星は、僕らは親友だから、と言った。

「たまには、な」

照れ笑いを覗かせる。

「そうするよ。にふぇーでーびる」

真昌は素直に、ありがとう、と伝え、コーヒーを飲んだ。

2

檜山は、比嘉と共に安里真栄の病室を訪れた後、そのまま沖縄県警本部に来ていた。

昨夜、小波蔵交差点近くで起きた事件は、本部と所轄《しょかつ》の刑事部捜査第一課が合同で主体となり、捜査をしている。

そこに組織犯罪対策部が合流したのは、殺されたのが仲屋光喜だったからだ。

仲屋は元座間味組の準構成員。綱村啓道の動向を注視していた比嘉は、仲屋の死と綱村の出所に関連性がないかを調べていた。

比嘉の部下が情報を集めて回っていた。

綱村の件は、楢山や竜星にも関係する。楢山は少しでも情報をつかんでおきたくて、比嘉の脇で上がってくる報告に目を通していた。

楢山の表情は渋い。

「比嘉、どう思う？」

「そうですね……」

比嘉の顔も、楢山と似たような表情になっている。

というのも、上がってくる報告のどれを見ても、仲屋と浦崎、もしくは安里真栄とのつながりがまったく出てこないからだ。

車の近くで殺されていたのは、仲屋が経営するキャバクラで働いていた熱田亮《りょう》だということもわかっているが、熱田についても、浦崎や真栄との関わりは皆無だった。

午前中、楢山は、少し起きていた真栄にも話を聞いてみたが、仲屋や熱田については名前も知らなければ会ったこともないと言っていた。浦崎もおそらく知らないだろうとも語った。

「何がしたかったんだ、仲屋は？」

楢山がつぶやく。

仲屋は島に戻ってきた後、実業家として成功している。その手法についてはきな臭《くさ》い部分があるものの、熱田のような使用人ならともかく、社長として地位を確立している仲屋がわざわざその立場を打《ぶ》ち壊《こわ》すような真似をするとは思えない。

所轄から、浦崎と真栄の近況が上がってきた。

二人は、南部の観光開発に反対する市民団体で代表的な役割を務めていたと記されている。

楢山は、真昌から開発の噂を聞いたことがある。

話を聞いた後、楢山は独自に調べてみた。そうした話は県議会内であるものの、具体的な動きにはなっていないという結論に至った。

また、その四方山話《よもやまばなし》に仲屋が絡《から》んでいるという情報も一切なかった。

現場では、五人の血痕《けっこん》が見つかっていた。二つは仲屋と熱田のもの。もう二つは浦崎と真栄のものだ。が、残る一人についてはわかっていなかった。

真栄たちの乗った車は、黒いSUVの側面に突っ込んでいた。

状況から見て、SUVが道を塞ぎ、そこへ真栄たちの車が突っ込んだと思われる。

その後、乱闘《らんとう》となり、仲屋たち三人が真栄たちを襲い、真栄たちは抵抗して、浦崎が誤って殺害してしまった、というところだろう。

襲撃時の状況は、現場に遺《のこ》された車やバットや遺体などを見れば、容易《ようい》に推測できた。

しかし、現場の状況が判明するほどに、仲屋たちの目的がわからなくなっていく。

「なんらかの物を取られた様子もないので、おそらくは脅迫《きょうはく》でしょうね」

比嘉がモニターに表示された報告を見つめながら言った。

楢山もその見立てには同意する。

「真栄たちの市民運動について、もう一度調べてみるか？」

「それなら、うちの方で少し調べてますよ」

データを表示する。

楢山は比嘉のモニターを覗き込んだ。マウスを取って、スクロールしてみる。

窓口になっているのは、地元選出の古城という県議だった。

「この県議、調べてみたか？」

「ええ」

比嘉がマウスを受け取り、別のデータを表示する。

当選二回、三十五歳の県議会議員で、浦崎や真栄らとは顔なじみでもある。目立った実績はないが、県議会には休まず出ているし、県内の視察や地元の集会もよく行なっている。

浦崎をリーダーとする市民団体は、近年、南部で測量を行なう者や買収を持ちかけてくる業者を問題視し、その真意を調べるよう、古城に依頼していた。

古城の事務所から、正式な報告書が出されている。

測量していた業者は観光バス業者で、南部の動線を確認していた。家や畑の買収を持ちかけた業者は、古民家を民泊の宿にしようと画策している業者だと判明している。

共に、県北部の開発に関わっている業者だった。

「この、エージナ島周辺の観光開発という話、おまえはどう思う?」

報告書を読みながら、檜山が訊いた。

「調べさせましたが、噂の域を出ない話ですね」

「やはりそうか。その程度の話で、脅迫をかけるとは思えんな。仲屋が糸満の方にキャバクラを出すという話はなかったか?」

「今のところ、そうした話も出てきていませんね。まあ、那覇以南に出店しても、集客は見込めないでしょうから、わざわざ抵抗勢力のいる場所への出店は考えないでしょう」

「そうだな……」

檜山は腕組みをして、うなった。

と、捜査に出ていた知念《ちねん》という若い刑事が戻ってきた。

「ただいま、戻りました」

比嘉に挨拶《あいさつ》をし、檜山に一礼する。

「ご苦労。何か出てきたか？」

比嘉が訊く。

「目立った関連性は出てきませんでしたが、少々気になる情報が」

「なんだ？」

「四日前、前島の仲屋の事務所に来客があったそうです。その来客というのが、沢田俊平。東京の歌舞伎町で手広くキャバクラを出店している人物です」

「仲屋は、その沢田という男からキャバクラの経営ノウハウを得たというわけか？」

「おそらく、そうだと思われますが、気になって照会《しょうかい》をかけてみました。すると、警視庁の組対四課にデータがありました」

「四課？　ヤクザか？」

楢山が訊いた。

知念は楢山に顔を向けた。

「正式な組員とは断定されていませんが、沢田が経営する〈ウインドサン〉という飲食店経営会社は波島組のフロント企業の可能性があると記されていました」

知念の報告に、比嘉と楢山は思わず顔を見合わせた。

「本当か、そりゃあ」

楢山が目を大きくした。

「可能性という報告なので確定ではありませんが、この時期に座間味と関わりのあった波島が動くというのは、偶然にしては出来《でき》すぎかなと思いまして」

「仲屋の会社も波島のフロントということか？」

「今、仲屋の会社の従業員も含め、調べています」

　知念が答える。

「わかった。引き続き、仲屋周辺とアイランドウェーブに関係する者を調べてくれ」

「わかりました」

　知念は報告を終えると、再び署から出て行った。

「波島が絡んできたとなると、面倒ですね」

　比嘉がうなる。

「そうだな。綱村は今、どこにいる？」

「東京の臨海地区にあるホテルです。外出したという報告は受けていません」

「何しに東京へ行ったんだ？」

「わかりませんね。熊本刑務所を出た後、空港に一人で現われ、羽田からタクシーで今のホテルに移動しています」

「道中、接触した者は？」

「まだ、確認できていません」

「早急に調べてくれるか？」

「そうですね」

比嘉は署内に残っていた部下を呼びつけた。綱村の動向を洗い直すよう指示をする。

楢山は腕組みをしたまま、宙《ちゅう》を睨んでいた。

3

「お疲れさんです」

内間は午後七時を回った頃、タクシー会社の事務所を出た。

敷地を出て、大きく伸びをする。

「今日も疲れたなあ」

独りごち、息を吐いた。

タクシーの一日は長い。今日は午前六時に出社し、車の点検をして街を流した。休憩を挟んで午後六時に戻ってきて、洗車や売り上げの精算を済ませ、終わったのがこの時間。

若い連中に言わせれば、立派なブラックだ。

が、沖縄ではワンメーターの客も多く、数をこなさなければ売り上げが上がらない。

昔は、バスとタクシーしか公共交通機関がなかったのでまだマシだったらしいが、今はゆいレールもあるし、タクシーの台数も増え、長時間働かなければ食えるに至らない。

ただ、内間はこの生活に満足していた。

客を拾えなければ売り上げは上がらないものの、流している時は一人でドライブしているようなもの。建物内に閉じ込められて、会いたくもない相手に気を遣って仕事をするよりは、よっぽど気楽だ。

それに、疲れたと思ったら、回送にして気ままに流したり、路肩に停めて寝ていてもいい。

懐《ふところ》は淋《さび》しいが、その気楽さを知るとやめられない。

「どこか、寄ろうかね」

飲みに行く算段を考えながら歩いていると、暗がりからいきなり声をかけられた。

「内間さん」

内間はギクッとして立ち止まった。身を固くし、声のした方を見やる。

路肩のブッシュだった。木の枝がかすかに揺れる。

「内間さん！」

暗がりの奥に影が見えた。

内間は逃げようとした。

「待ってください！　オレです。豊崎です！」

小声だが強い口調で言う。

「和人か？」

暗がりを覗く。

影が少しだけ顔を出した。確かに、豊崎だった。

「何やってんだ。出て来いよ」

内間は胸を撫《な》で下《お》ろしつつ、暗がりを見つめた。

が、豊崎はなかなか出てこない。顔を忙《せわ》しなく左右に振り、周りを確認している。

「どうしたんだ？　心配するな、オレしかいねえよ」

内間が促す。

豊崎はしばらく周りを見回して、ようやく暗がりの奥から出てきた。

頼りない街灯の明かりに姿が照らし出される。

「おいおい、どうしたんだよ……」

内間は目を丸くした。

豊崎の顔は腫れ上がっていた。顔には血糊がこびりつき、開けっ放しの口には奥歯が見えない。服もホコリと血で汚れていた。

豊崎がよろよろと近づいてくる。後頭部からも出血したらしく、金髪の髪が赤黒く染まり、固まっていた。

「大丈夫か、おまえ。病院へ――」

「いや、それはできねえっす！」

たちまち顔が強ばり、また左右を見回す。

内間は豊崎を見据えた。

「何やったんだ？」

豊崎が押し黙る。

「何があったんだ？　言ってみろ」

内間がじっと見つめる。

豊崎はうつむき、拳を握った。ぶるぶると震えている。そして、いきなり顔を上げたかと思ったら、駆け寄ってきて、内間の二の腕をつかんだ。

「内間さん！　匿《かくま》ってください！　いや、金貸してください！　すぐに島を出ねえと！」

内間を揺さぶる。

「落ち着け、和人！」

内間は豊崎の胸元をつかんで、押し離した。

「何があったんだ？」

「知らねえですか？」

「何をだ？」

「小波蔵交差点あたりで、死体が見つかったって話」

豊崎が震える声で言う。

「あー、そういやあ、ラジオで流れてたな。おまえ……まさか！」

「殺《や》ったのは、オレじゃねえんですよ！」

豊崎が目をつむって叫んだ。

すぐ、大声を出したことに気づき、おどおどと周りを見回す。

「チラッと見かけたニュースじゃ、死体の身元は不明とか言ってましたけど、死んだのは熱田です」

「なんだと……？」

内間の眉尻が上がった。

「じゃあ、畑脇の道路で見つかった死体は誰なんだ？」

「なんですか、それ？」

豊崎が顔を上げた。目は明らかに怯え、今にも泣き出しそうだ。

「熱田を叩き殺したのと同じバットで殺されてたってヤツだよ。誰だ？」

「えっ……まさか、仲屋さんまで……」

「仲屋さんなのか！」

ますます眉尻が上がる。

「殺される……オレも殺される……」

豊崎はガタガタと震えだした。内間がつかんでいないと、立つこともままならない。顔はみるみる蒼《あお》くなっていった。

「逃げなきゃ……逃げなきゃ……」

譫言《うわごと》のように繰り返す。

人が通りかかった。訝しげに内間たちを見やる。内間は通行人の視線を防ぐように、豊崎の間近に立った。

「おまえ、そこの茂みに隠れて待ってろ。そんな形《なり》で歩いてちゃ目立つ」

「どこに行くんですか？」

「車を持ってくる。今日は俺んちに来い」

小声で話しながら、豊崎を暗がりまで下がらせる。そして、ブッシュの陰に座らせた。

「いいか、絶対に動くんじゃねえぞ」

内間は強く言い聞かせ、タクシー会社に取って返した。

4

沢田は生長に呼ばれ、東京に飛んで指定されたホテルの一室を訪れていた。

ソファーに座った生長は、立ったままの沢田を睨み上げていた。

「てめえよ……。二人も殺して、どうすんだ、こら」

生長が持っていた新聞を投げつける。はらりと足下に落ちた新聞の三面には、沖縄での殺人事件の記事が写真入りで載っていた。

沢田は少し顔をしかめたが、すぐ、頭を下げた。

「すみませんでした」

数秒間下げ、ゆっくりと上体を起こす。

「予想外に相手が抵抗したもので、仲屋たちがパクられて口を割っちゃいけねえと思って、俺が指示しました」

「一人は仕方ねえと思ったが、二人やりゃあ、サツも本気で動かなきゃならなくなる。それだけ面倒が増えるということだ」

「わかってます。すみません」

目を伏せる。

「しかも、襲ったヤツの一人は逃げてるっていうじゃねえか」

生長が言った。

沢田は内心、舌打ちした。

豊崎が逃げたことは、生長に報告していない。桑原にも話すなと命じていた。

それを知っているということは、桑原や沖縄の連中の誰かが裏切っているか、もしくは、アイランドウェーブ内に生長直属の走狗《そうく》が紛れているか、といったところだろう。

食えないヤツだ……と苦々しく思う。

生長は自己保身の塊のような男だ。

最初は義理人情に厚く、男気もあり、頼れる存在だと感じた。沢田は当時若頭だった生長という男に惚《ほ》れ、波島組の盃をもらった。

しかし、いざ組員になってみると、生長という男の本性が見えた。

偉そうに振る舞い、耳障《みみざわ》りの良い言葉を口にするが、自分に災難が降りかかると見るや、あっさりと邪魔者を切り捨てる。

それでいて、利用できるとなれば、再び甘言《かんげん》で擦り寄ってきて、言葉と立場と金で丸め込み、自分の手下としてこき使う。

すべては自分の利益のため。組や組員のことなど、微塵《みじん》も考えていない。

座間味の一件で波島組が潰れそうになった後、生長は跡目を継いだ。

ところが、自分が逮捕されることや他の組から攻められることを恐れて、組員が知らない間に解散届を出そうとした。

看板だけは守りたいと思っていた幹部が説得し、なんとか解散だけは免れたが、今も組内には、生長に対する不信感が漂っている。

忌むべき〝親〟だが、ヤクザである以上、裏切るわけにはいかない。

「逃げたヤツは、こっちで見つけ出して処理しますので」

「当たり前だ。さっさと処理しろ」

生長は不満をあらわにした。

「まあ、沖縄の話はいい。商売の話なんだがな。この頃、上がりが少ねえんじゃねえか?」

下卑《げび》た目で見上げる。

「このところ不景気で、うちの店も客が減っちまったんです。クスリ関係も、芸能人の逮《たい》捕《ほ》なんかで取り締まりが厳しくなってますし……」

「そんなこたあ、わかってる! てめえの努力が足りねえんじゃねえかと言ってんだ!」

無駄に大声を出す。

本人は恫喝《どうかつ》のつもりらしいが、長年付き従ってきた沢田には通じない。

沢田は、反射的に生長を睨み下ろしていた。

生長の頰がかすかに引きつる。そしてすぐ、笑顔を作った。

「なあ、俊平。俺も、こんなこと言いたくて言ってんじゃねえんだよ。うちの中には、おまえが売り上げをちょろまかしてるんじゃねえかとか言うヤツもいてな」

「誰ですか、そりゃあ」

沢田が気色ばむ。

「親父。俺は企業舎弟になりましたが、他の誰よりも組には貢いでます。文句言うヤツがいるなら、俺より金持ってこいって話です」

「わかってるわかってる。落ち着け」

生長は右手を振ってなだめようとした。

「そういう声もあるって話だ。おまえがうちのためにがんばってくれているのは、俺が一番よく知ってる。他の連中も、おまえが一番の稼ぎ頭だということはわかってる。しかし、そうだからこそ、上納が減ると、つまらんことを俺に吹き込んで、おまえを貶《おとし》めようとするヤツも出てくる。だがそれはな、周りがおまえの力を認めてるということよ」

生長はぺらぺらとしゃべった。

沢田の中で失笑がこぼれた。

ちょろまかしているとと吹聴しているのは外でもない、生長自身だ。

常に、他人に責任を預け、自分はより良い立場に立とうとする。ネタは割れているのに、それを演じ切る面の皮の厚さには感心すら覚える。

「だから、おまえにはきっちり収めてもらいてえのよ。俺はいいんだ。おまえらの稼ぎで十分食わしてもらってる。しかしな、おまえの上納が減るってことは落ち目と見られかねねえってことだ。そうすると、おまえにつまらん厄介を仕掛けてくるヤツも出てくる。もちろん、俺が抑えるがな。けど、うちも縮小したとはいえ小さくねえ組織だ。端々までは目が届かねえこともある」

生長は長々と話を続ける。

「俊平。俺が頼りにしてるのは、おまえだけだ。いずれは波島を継いでもらいてえと思っている。だから、他の連中に言われねえようにしてもらいてえんだ」

最後は優しげな声で、甘言を口にする。

あまりに予想通りの流れで、あきれて物も言えず、怒りが霧消した。

「なんとか、親父の期待に沿えるよう、努力します」

「そうしてくれ。沖縄の件は頼んだぞ」

「はい」

「もういいぞ。これから、別件があるんだ」

「なんですか、別件てのは？」

「おまえは知らなくていい。必要がありゃあ、俺から話す」

「すみませんでした。失礼します」

沢田は深々と頭を下げ、ゆっくりと部屋を出た。

ドアが閉じる。

「まったく……めんどくせえ野郎だな」

生長はドアを睨んだ。

スマホを出し、番号を表示してタップする。

「——あー、俺だ。綱村を連れてこい」

ぞんざいな口ぶりで命じ、再び、ドアを睨みつけた。

5

「すみません。ちょっと身内が倒れましてて。今日は休ませてもらいます。はい、すみませんです」

内間は会社に電話をし、休暇を取った。

電話を切って、隣室《りんしつ》を見やる。

豊崎が死んだように寝ていた。

昨夜、内間は豊崎を家に連れてきて、シャワーを浴びさせた。

血を洗い流し、新しい服に着替えると安心したのか、傷の手当てもせず、食事を摂《と》ることもなく、布団に倒れ込んだ。そのまま起きていない。

「どうするかな……」

独り言ちる。

連れ帰る途中、何度か豊崎に事情を訊ねたが、詳しくは語らなかった。いや、語れる状態ではなかったと言ったほうがいいか。

とにかく怯え、生気のない蒼い顔をして、腕で胸を抱き、縮こまって震えていた。シャワーも半ば無理やり浴びさせたようなものだ。

バスルームですら、一人になるのを怖がり、内間は豊崎のシャワーが終わるまで、ドアの前に立っていた。

豊崎は強い男ではない。とはいえ、渡久地剛らとつるんで、悪さは一通り経験している。強くはないが、少々の暴力には慣れている。

その豊崎が、一人でシャワーを浴びられないほど恐れおののくとは、想像を絶する情景が繰り広げられたに違いない。

仲間を集めて協議しようかとも思ったが、やめた。仲間は信頼しているものの、知る者が多くなれば、それだけ情報が洩れる確率も上がる。

今もし、豊崎を狙っている敵に襲われれば、豊崎に戦う力はなく、簡単に命を取られる。

「やっぱ、楢山さんか金武さんに相談する方がいいか……」

渡久地巌からは、何かあれば、楢山か金武のどちらかに相談しろと、常々言われている。

内間は逡巡した後、スマホの画面に金武の電話番号を表示した。

タップしようとする。

その時、隣室から呻き声が聞こえてきた。

豊崎は掛け布団を蹴り、喉や胸元を掻《か》きむしり、もぞもぞと動いていた。

「豊崎、起きたのか？」

声をかけるが、返事はない。

「おい、豊崎」

「うわあああ！」

いきなり叫び、暴れ出した。

「どうしたんだ！」

内間はスマホを放って、隣室に駆け込んだ。掛け布団を被《かぶ》せ、豊崎にまたがる。

「こら、暴れんな！」

必死に口元を押さえ、手足で豊崎の体を押さえる。踵《かかと》が畳を叩き、手が家具に当たって音を立てる。このまま暴れられると、他の部屋の住人から通報されるかもしれない。

「仕方ねえな」

内間は豊崎の腹の上に馬乗りになった。

「我慢しろよ」

豊崎にささやきかけ、左手を豊崎の胸元に置き、右拳を振り上げた。

体重を乗せ、鳩尾《みぞおち》に拳を叩き込む。

豊崎が短い呻きを漏らした。動きが止まる。

内間は豊崎の上から降りた。

豊崎は腹を押さえ、横を向いて丸まった。

掛け布団を剝ぐ。額から脂汗《あぶらあせ》を滲ませている。顔色は相変わらずよくない。

内間は傍らに置いていたペットボトルを取った。

「起きろ。水くらい飲め」

豊崎の襟首《えりくび》をつかんで引き起こし、ペットボトルを差し出す。

豊崎は肩で息をしながらペットボトルを手に取った。キャップを開け、水を流し込む。

喉仏が揺れた。

口辺に滴《したた》る水を拭った豊崎は、ふっと息を吐いた。

「すみません……」

うなだれ、ペットボトルを握る。

「なんくるないさ。けど、騒がれると、近所に迷惑かけちまうんでな」

内間が微笑む。

立って、隣の部屋に行き、テーブルに置いていたサーターアンダギーが入った袋を取った。

隣室に戻り、袋を豊崎の腿《もも》に放る。

「少し食え。体がもたねえぞ」

優しく言う。

豊崎はビニール袋の口を開けた。中からサーターアンダギーを一つ取り出し、かじる。奥歯で噛もうとした時、顔をしかめた。

「口の中、切れてんのか。ゆっくり食えば大丈夫さ」

内間は食べ続けるよう、促した。

傷ついた体はエネルギーを欲している。一口、かじったサーターアンダギーを飲み込むと、豊崎は二つ三つとがっつき始めた。

口に放り込みすぎて、喉に詰まって咳き込む。それを水で流し込んで、また口に入れすぎて咳き込む。水はあっという間になくなった。

「あわてるなって」

内間は苦笑し、冷蔵庫にあったさんぴん茶のペットボトルを持ってきた。

豊崎は無我夢中《むがむちゅう》で食らい、七つあったサーターアンダギーがたちまちなくなった。

ごくごくと喉を鳴らし、さんぴん茶を半分ほど飲み干す。

豊崎は口元を拭い、ようやく息をついた。顔も多少血色を取り戻し、目つきも少しだけ和らいでいる。

「もう少し寝てろと言いてえところなんだが、おまえの様子を見てると、余裕もなさそうだな」

内間はかいたあぐらの脛《すね》を握り、股間《こかん》に引き寄せ、上体を少し前に傾けた。

「何があった？」

豊崎の顔を覗く。

豊崎はペットボトルを握ってうつむいた。

内間は下から顔を覗き込んだ。

「事情がわからねえと、どうにもできねえ。助けてほしいなら、洗いざらい話せ」

豊崎の目を見つめる。

豊崎は視線を逸らしていたが、内間と目を合わせると、ゆっくり顔を起こした。

内間も上体を起こし、座り直す。

「あの日の三日前のことです。ちょうど、内間さんと会ってすぐぐらいですかね……」

豊崎はぽつぽつと語り始めた。

内間は時折うなずき、言葉を挟むことなく、黙って聞いた。

豊崎の話によると、突然、仲屋と、仲屋の右腕を務める桑原がやってきて、浦崎を襲う手伝いをしろと命じられたらしい。

店は桑原に任せ、襲撃は仲屋と豊崎、熱田の三人で行なうことになったという。

豊崎は違和感を感じたと付け加えた。

本来なら、右腕を務める桑原が臭い仕事をすべきだが、襲撃命令に関しては桑原が主導で話し、仲屋はそれに従っているように見えたという。

そして、命令されて三日後、桑原から連絡があり、小波蔵交差点近くで浦崎を襲うことになった。

当初は、三人で浦崎を叩きのめすか、車を破壊して終わる予定だった。

しかし、安里真栄が運転していて、ターゲットが一人増えた。

さらに、浦崎の強さが予想以上だった。

自分たちが乗ってきたSUVに浦崎たちの車が突っ込んだ後、降りてきた浦崎の鬼のような形相に怯み、逃げ出そうと思ったほどだという。

だが、逃げるわけにもいかず、浦崎に殴りかかったところ、返り討ちに遭い、ガードレールを越えて後頭部を打ちつけ、気を失ったということだった。

「そこからは、何が起こったかわからないんですよ。目が覚めたら、車はぶっ壊れてるし、路上は血だらけになってるし。で、倒れてる熱田を見つけて駆け寄ったら、もう死んでて……」

「だから、急いで現場を離れたということか？」

内間の問いに、豊崎がうなずく。

「どうするつもりだったんだ？」

「警察に行けば捕まるし、うろうろしてたら桑原さんたちに見つかっちまうし。どうにもこうにも……。それで、内間さんを思い出して」

「パニックの状況下でいい判断したな」

内間は肩を軽くポンと叩いた。

「話を聞く限りだが、オレの意見を言っていいか？」

「はい……」

「警察に行くのが一番だな」

内間が言う。

豊崎は眉を吊り上げ、内間を睨んだ。

「オレを売るってんですか！」

握っていたペットボトルから茶がこぼれる。

「そんなことは言ってねえだろ。まあ、聞け」

内間は見返した。

「警察で全部話してしまえば、桑原が事情聴取されるだろう。逮捕されなくても、ポリにマークされりゃあ、桑原やその仲間はヘタに動けなくなる。取り調べで素直に話しゃあ、保護もしてくれる」

「前科がついちまうじゃないですか」

「前科ぐらいなんだってんだ。命取られるよりはマシだろうが」

内間に言われ、豊崎は言葉を飲み、うなだれた。

「やっちまったことは仕方ねえ。これからのことを考えろ。手順を間違えば、大変なことになるぞ」

「それは、わかってますけど……」

豊崎は渋った。

うなされるほどの恐怖を感じていながら、前科をつけたくないがために、警察の手を借りることを拒む。

気持ちはわからなくもないが、この期《ご》に及んでもなお、自分の置かれている状況を判断できないあたり、少々情けないとも感じる。

そして、そう感じる自分に、内間自身が内心驚いていた。

決して、まっとうに生きてきたわけではない。

今でも、普通とか常識というものに反発している部分はあるが、そうした気持ちが薄らいでいることを実感する。

たいして稼いでいないものの、タクシー運転手として過ごしてきたせいで、大人になったのか。

あるいは、きちんと生きようとし始めた巌に感化されたのか。

いずれにしても、社会の中で生きようとしている自分が誇らしくもあり、淋しくもある複雑な感情が胸の内に落ちた。

「わかったわかった。じゃあ、警察への連絡はやめとくよ」

内間が言う。

と、豊崎は安堵《あんど》した様子で頬を緩ませた。

「ただ、このままにはしておけないから、知り合いには相談させてくれ」

「誰ですか？」

豊崎の顔が再び強ばる。

「糸満の金武さんだ」

「金武道場の金武さんですか？」

豊崎の問い返しに、内間は首肯した。

「待ってください。金武さんは警察と通じているじゃないですか」

「大丈夫。厳さんも世話になった人だ。警察に売ったりはしねえ」

「信じられるんですか？」

「このフリムンが！　厳さんが信用してる人だ！　信じられねえわけがねえだろが！」

ばかたれと一喝する。

豊崎が両肩を竦《すく》めた。

「ともかく、今は頼れる人に頼るのが最善さ。なんの見通しもなく逃げりゃ、捕まって沈められるのがオチだぞ。オレもせっかく頼ってきたおまえを無駄死にさせたくはねえ。オレを信じろ」

内間はまっすぐ、豊崎を見つめた。

豊崎の黒目が揺れる。が、しまいには黙ってうなずくしかなかった。

「心配するな」

内間は笑って、豊崎の肩を叩いた。

「腹減ったな。メシ買ってくるから、待ってろ。食わなきゃ始まらねえ」

内間が立ち上がる。

「ゴロゴロしてろ。すぐ戻ってくるから。鍵も閉めとく。勝手に出て行くんじゃねえぞ」

豊崎を見下ろす。

豊崎はうつむいたままだ。

「返事は？」

「あ、はい」

「絶対、出て行くな。わかったな」

「わかりました」

豊崎は首肯した。

内間はうなずき返し、部屋を出た。

6

独り、部屋に残った豊崎は葛藤していた。

警察に身柄を渡されるのはごめんだ。前科者にはなりたくないし、刑務所に送られても安心はできない。

量刑が軽くなって、早々に出てこられても、仲間を売った者として見られ、今までのようには生きられない。

それどころか、出た途端、桑原たちの仲間から殺される可能性もある。

頭の中で、どうシミュレーションしても、安泰な将来は見えない。

といって、逃げたら逃げたで、それもまたお先は真っ暗。

内間の言うように、警察と桑原たちから逃げ続けて疲弊したところで、敵に捕まって沈められるのがオチだろう。

どっちに転んでも、輝く未来はない。

いっそ死んでしまいたいとも思うが、死にたくないから葛藤していることを思い出し、頭を掻きむしる。

「あー、ちくしょう！」

豊崎は寝ころんだ。

リモコンを取って、テレビをつける。機械的な音は久しぶりに聞いた気がする。

五つしかない地上波のチャンネルを回して、ザッピングする。

たいした番組はやっていない。見るでもなく、ただ画面を眺め、暇をつぶすようにひたすらチャンネルを回していた。

その手が止まる。

ニュースが流れていた。

小波蔵の事件が報道されている。

仲屋の身元が割れたことで、アイランドウェーブに捜索が入り、ゴールドラッシュ他、那覇で経営しているキャバクラ全店が休業していると報じられている。

《浦崎さんらを襲った男は他にもいるとみて、警察は引き続き捜索を続けています。次のニュースです》

豊崎は一気に色を失った。

警察の捜査が進んでいることは予想していた。現場に自分の血痕や足跡が残っていることはわかっていたからだ。

問題は、店が休業していることだ。

アイランドウェーブは人気店を抱えている。時に一日の売り上げが一千万円を超えることもある。

それが休業しているということは、最低でも日数分×五百万と計算していいだろう。週に六日営業しているので、一週間休めば、三千万円の損失が出るということだ。

それだけではない。

客は色の付いた店を嫌う。まして、殺人事件。足は遠のき、売り上げを元に戻すには相当の労力を必要とするとともに、その間の売り上げダウン分も損失に計上される。

ヘタすると、浦崎たちの襲撃失敗のせいで、会社に億単位の損失を負わせるかもしれない。

そうなれば、桑原たちも黙ってはいない。

捕まって殺されるだけならまだマシ。漁船やきつい工事現場で奴隷のように働かされた挙句、全身を切り売りされるかもしれない。

豊崎はテレビを消した。

音がなくなると、急に恐怖が込み上げてきた。

落ち着かず、頭から布団をかぶっては放り投げる。ペットボトルに残っていたさんぴん茶を飲もうとするが、手が震えてうまく入らず、布団にこぼれる。

「まずい……まずいぞ」

豊崎は空になったペットボトルを握り潰した。

その時、ドアがノックされた。

豊崎はびくっとして固まった。

「内間、おらんのかー」

乱暴な口調だ。

「内間ー、おーい」

カタギには思えない。

まさか……。

豊崎の脳裏に妄想が巡った。

内間が連絡したのは、ひょっとして警察でも金武でもなく、桑原たちではないか。

内間も元々、裏の世界を生きてきた人間だ。巌の友人なので、あっさりと信じてしまったが、はたして信用していい人物なのか。

一度疑念が湧くと、止まらない。

「おい、いるんだろ！」

男の声に怒気がこもった。

いるんだろ！　という言葉が、自分に向けて言われたような気がして、全身に鳥肌が立った。

豊崎は立ち上がった。そろそろと玄関に近づく。ノックの音を聞きながら、靴を取り、部屋へ戻る。

室内で靴を履き、音を立てないように窓を開けた。

二階だった。ベランダはなく、アパートの隣は草むらになっていた。

上から覗くと、結構高い。不安はあるが、このままでは捕まってしまう。

相手が誰かわからないが、豊崎はいつのまにか、玄関ドアの向こうにいるのが桑原の部下だと思い込んでいた。

「おい！」

男が大きくドアを叩いた。

びくっとした豊崎は、その勢いで草むらに飛び降りた。

地面が土とはいえ、衝撃が顔にまで響き、痺れる。傷ついた全身に痛みが走り、たまらず体に腕を巻き、呻く。

しかし、豊崎はよろよろと立ち上がり、そのまま姿を消した。

7

内間は近くのスーパーで弁当を買って戻ってきた。

階段を上がったところで、人影に気づく。派手な開襟シャツを着た、金髪メッシュの男だった。

一瞬足を止め、警戒して男を睨んだ。

男が振り向く。

「おー、内間。どこ行ってたさ？」

親しげに話しかけてきた。

内間はすぐに笑みを浮かべた。

昔からの友人、奥平清司《おくだいらせいじ》だった。巌と共に暴れた仲間の一人でもある。

「清司か。どうした？」

訊きながら近づく。

「どうしたじゃないさー。今日、ねーねのとこ行くから、送ってくれと予約してただろ」

「あー、そうだったねー。すまんすまん。ちょっと急用ができて。申し送りするの忘れてた」

内間が苦笑する。

「会社に電話したら、身内が倒れたとか言うからさ。でも、そんな話、聞かないし。さぼったなと思って、来てみたさ」

「さぼったわけじゃねえんだ。ちょっと待っててくれるか」

鍵を穴に差し込む。

「ねーねのとこに行かなくていいのか？」

「行ってきたさ。たいした用事じゃなかったから、すぐ帰ってきた」

「そうか」

内間は鍵を開け、ドアを開いた。

瞬間、風が頬を撫でる。内間の顔から笑みが消えた。玄関に豊崎の靴がない。

内間は靴を脱ぎ捨て、駆け上がった。テーブルに弁当を放り置き、開いた窓に駆け寄る。

「しまった……！」

外を覗き、周りを見やる。が、豊崎の姿はない。

「どうしたんさ、内間」

玄関から奥平が声をかける。

駆け戻った内間は、奥平の胸ぐらをつかんだ。

「やー！　ぬーした！」

おまえ、何をしたと怒鳴る。

奥平は怯み、仰け反った。

「ぬーしたって、ノックしただけさー」

両手を上げて、手のひらを振る。

「勘違いしたか……」

内間は奥平から手を離した。

「なんなんだよ……」

奥平が襟元を整える。

「清司、豊崎を覚えてるか？」

「ああ、剛とつるんでたヤツな。今、例のゴールドラッシュの店員してんだろ？」

「さっきまで、ここにいたんだ」

「なぜだ？」

「逃げてきた。例の小波蔵の現場から」

「まさか、あいつが！」

奥平が目を丸くした。

「襲ったことは認めたが、命令されたそうだ。ともかく、このまま逃げ回ってると、豊崎自身が危ねえ。ヒマしてる仲間集めて、探してくれねえか。捕まえたら、金武道場へ連れてきてくれ。金武さんには話しとくから」

「わかった」

奥平が踵を返す。

「あー、オレらの仲間だけにしてくれ。剛たちとつるんでた後輩には特に悟られるな」

「オッケー」

奥平が駆け出した。

内間は部屋へ戻って、スマートフォンを取った。

8

綱村は、生長の部下に案内され、生長が滞在しているホテルの一室に出向いた。

中へ入ると、生長はリビングで小難しい顔をして座っていた。

「失礼します」

「おお、綱村か。すまねえな」

生長が笑顔を見せる。が、すぐ真顔になった。

「外せ」

部下に命ずる。

部下は一礼して、綱村を残し、部屋を出た。

「まあ、座れ」

生長が対面のソファーを指す。

綱村は会釈して、腰かけた。座面が深く沈む。

生長は目線を外し、眉間に皺を立て、押し黙った。

沈黙が続く。

「叔父貴。何かあったんですか？」

綱村の方から問いかけた。

生長は深いため息をついた。そして、やおら綱村に目を向ける。

「おまえ、沖縄には戻るな」

「どういうことですか？」

綱村の表情が険しくなる。

「どうでもいい。とにかく、今は戻るな」

生長はそう言うとまた、視線を外した。

「叔父貴。ひょっとして、小波蔵の一件が関係してるんですか？」

綱村が言う。

生長はぎくっとし、肩を竦めた。

「何があったんですか？」

「何を知ってる？」

逆に問い返す。

「何も知りません。ニュースを見てたら流れてただけです。でも、やり口からみて、カタギじゃねえ。しかも、事が起こったのは南部だ。気になりましてね」

綱村は感じたままを口にする。

生長は太腿に手を置いて、深くうなだれ、大きく息を吐いた。

腿を叩き、上体を起こす。

「殺された仲屋という男な。座間味の人間なんだ」

重々しい口ぶりで話す。

綱村が眉尻を上げた。

「おまえがムショに入ってる間に、座間味に入ったヤツだ。正式な盃はもらってねえんだが、座間味がなくなったあとも、兄貴についてきた数少ねえ骨のある男よ。座間味を復興させるんだって、松山でキャバクラを経営して繁盛させて、資金を稼いでたんだけどな。おまえにも話した南部開発の件で、喜屋武周辺の連中とトラブルになってたんだ」

「仲屋ってのが、南部開発の件に一枚嚙んでたということですか？」

「違う。逆だ。沖縄の協力者が仲屋にも話を通したらしいが、自分は地元の人間だから、南部の連中の思いは大切にしてえと言って、こっちの話を断わった。ただ、座間味の復興も視野に入れてるなら、邪魔立てしねえとも言ってた」

「そんなヤツがなぜ揉めるんですか？」

「座間味だからよ」

生長は綱村を見据えて、奥歯を嚙んだ。

「南部で反対している連中に、仲屋は手を出さねえと伝えていたんだが、連中はまったく信じてなかった。元座間味というだけでな。それでも仲屋は、なんとか話し合おうとして、事件の夜、代表を務める浦崎を待っていた」

「話し合うために、わざわざ路上で待ち伏せたというわけですか？」

「そうでもしねえと、話すらできなかったみてえだからな。何かの会合の帰り道に待ち伏せして、その場で話し合うつもりだったと仲屋の右腕を務めてるアイランドウェーブの桑原という男が言っていた。だがな。浦崎を乗せた車は、仲屋たちの車に突っ込んできやがった」

生長が険しい表情を作る。

「で、バットを持ち出して、殴りかかってきたそうだ」

「そりゃ、おかしい。報道じゃ、現場で殺されたヤツは黒の目出し帽をかぶってたと言ってる。仲屋の方が襲う気だったんじゃねえんですか？」

「誰の情報だ？」

「テレビ情報です」

「そんなもん、信じるのか？」

綱村を睨む。

「おまえもよく知ってんだろ。サツが俺らを潰すために、根も葉もねえ話を流すことくらい」

「嘘だってんですか？」

綱村が気色ばむ。

「目出し帽は血まみれで現場に落ちてたってだけの話だ。そんなもん、いくらでも偽装できんだろ。そもそも、テレビ局や新聞社が引っ張ってくる情報なんざ、警察の発表をそのまま垂れ流してるだけだ。一般の事件ならそれも問題だが、俺たちが絡んだ事件は問題にならねえ。なぜだかわかるよな？　ヤクザだからよ」

生長が言葉を吐き捨てる。

生長の話は、にわかに信じ難い。しかし、生長の言うように、ヤクザが起こした事件は、大げさに書き立てられたり、センセーショナルに色づけされて報じられたりすることは実際にある話だ。

どこまで信じていいのか、綱村は測りかねていた。

「仲屋はまともな商売で稼いで、座間味を再興させようとしてた。俺もそれは知ってる。ヤツの手助けをしなかったのは、万が一、波島の色がついちまったら、仲屋の活動に水を注《さ》すことになるからだ。無念だったろうな、仲屋も――」

生長は話しながら、綱村の反応を窺《うかが》う。

綱村は太腿を握り、怪訝そうな表情を覗かせていた。

生長は険しい顔つきを緩めた。

「まあ、真偽はわからねえ。この先もわかることはねえだろう。ただな、そういう状況だから、今は沖縄へ帰るな。おまえが戻りゃ、南部の連中はますます座間味を疑う。そうなりゃ、再興なんざ到底無理だ」

「しばらく、こっちにいろってことですか？」

「そうだ。うちの客人《きゃくじん》として、遊んでろ。兄貴には申し訳ねえが、おまえまで引っ張らせるわけにはいかねえからな。いつまでもホテル暮らしってのも気をつかうだろ。ヤサは用意させるから、準備が整い次第、そっちに移ってくれ。とりあえず、支度金《したくきん》だ」

生長はスーツの内ポケットから茶封筒を取り出した。綱村の前に放る。結構、重そうな音が天板に響いた。

「何の支度金ですか？」

「こっちで新しい生活を始めるんだ。その覚悟を決めんのに、気分転換も必要だろう。まあ、何に使おうがかまわねえ」

「いらねえっすよ、そんな金」

「おい、いったん出した金を俺に引っ込めさせるってのか？」

生長が睨んだ。

そう言われると、断わることもできない。

「じゃあ、預かっときます」

綱村は茶封筒を取って折り畳み、ズボンのポケットにねじ込んだ。

「座間味の再興は難しくなったが、必ずなんとかするから、こっちでおとなしくしてろ。いいな」

「……わかりました」

「もういいぞ」

生長が言う。

綱村は立ち上がった。

「呼び立てて悪かったな」

「いえ……失礼します」

一礼して、部屋を出る。

生長は座ったまま、綱村を見送った。ゆっくりとドアが閉まる。途端、笑みが滲んだ。

ドアを見据えたまま、スマートフォンを取り出す。

画面に沖谷令子の番号を表示して、タップした。

「おう、俺だ。二、三日中に、爆弾が島入りする。先生らにそう伝えといてくれ」

そう話し、にやりとした。

第四章

1

　楢山は連日、県警本部に詰めていた。比嘉の隣の席に陣取り、捜査員から上がってくる報告に目を通している。

　金武から、重大な情報がもたらされていた。襲撃現場から逃走した豊崎という男を、内間がひと晩匿っていたが、また行方をくらませたという。豊崎はゴールドラッシュの従業員で、桑原という者に襲撃を命じられたと話していたそうだ。

　そこで、比嘉率いる組織犯罪対策部は、沢田や桑原、波島組に絞って調べを進めていた。

　しかし、沢田らが波島組の組員だとする確たる証拠は出てきていない。それらしい噂があるという程度だ。

　この〝噂がある程度〟という部分が、なんとも巧妙ではある。

組対四課はマークするものの、噂程度でフロント企業と断定するわけにもいかないので引っ張れない。

一方、企業間取引をする際は、そういう噂があるというだけで、相手に対して睨みが利くようになる。

万が一、本当のフロント企業であれば、ヘタに強気に出れば潰されてしまうからだ。

反社会的勢力とはまったく関わりのない企業が、交渉を有利に運ぼうとしてフロント企業だという噂を流すこともある。

沢田が代表を務めるウインドサンは、限りなく黒に近いがグレーの域を出ない会社だった。

錯綜する情報の裏を取るのに難航している現在、捜査一課が豊崎の行方を追っているが、見つかっていない。

楢山が小難しい顔でノートパソコンのモニターを睨んでいると、比嘉が近づいてきた。

「楢山さん、お客さんですよ」

比嘉に言われて、顔を上げる。

「おー、どうした？」

笑顔を見せる。

比嘉の後ろに立っていたのは、益尾だった。

「安里さんのお見舞いに。襲われ、入院していたのは知っていたんですが、向こうでの仕事が忙しかったもので」

「そうか。行ってきたのか？」

「はい、真昌君にも会いました。がんばってますね、彼も」

「真栄の代わりは自分が務めると張り切っちゃいるが、頼りねえな」

　楢山が笑う。

　益尾も笑みを返しながら、比嘉や楢山の机の上に目を向ける。楢山はその視線の動きを見逃さない。

「まあ、それはそれとして。真栄の見舞いに来ただけじゃねえだろ？」

　楢山は益尾を見つめた。

「かなわないな、楢さんには」

　益尾は苦笑した。近くの空いた椅子を引っ張って、比嘉のデスクの前に寄せる。

「いいですか？」

　座って、楢山のノートパソコンを目で指す。

　楢山がうなずく。

　益尾はタッチパッドを指でなぞって操作し、画面に沢田俊平の履歴を表示した。

「実は、安里さんたちの事件に沢田が関わっているかもしれないと聞いたので、少し調べようかと思いまして」

「サイバー班が何を調べているんだ？」

楢山が訊いた。比嘉も興味を持って、益尾を見やる。

「沢田が経営するウインドサンの系列会社が、ネットを使って売春や違法金融、薬物売買をしている疑いがあるのです」

益尾が言った。

楢山と比嘉の表情が険しくなる。

「きっかけは、SNSのチェックをしていたうちの班員が、ネット上の闇金を摘発したことでした。その闇金は沢田と直接関係なかったのですが、そいつからタレコミがあったんです。借金漬けにした女性を風俗店に送り込んだり、男性を薬物の運び屋に仕立てたりしている連中がいると。同業者のつぶし合いでガセネタを流す者もいるので、慎重に捜査を進めていたのですが、あるネットの個人金融に嵌められた女性たちが、ウインドサンの別会社が経営する風俗店に多く送り込まれていることが判明しまして。さらに、ウインドサンの経営するキャバクラ店や系列のクラブなどで違法薬物を扱っているという話も聞こえてきたので、まんざらガセでもないだろうと踏み、継続捜査していたんです。そこに、今回の話が舞い込んできたもので」

「何を調べるつもりだ？」

「沢田が単なる旅行で沖縄へ来るとは思えません。ひょっとすると、沖縄でも法外な金で借り手を縛り、性や薬物を売りとした店を作ろうとしているのではないかと思いましてね」

「しかし、うちで調べた限り、今回事件に絡んだアイランドウェーブとウインドサンに深い関わりがあるという情報はありませんでしたよ」

比嘉が言う。

益尾は比嘉に顔を向けた。

「表向きにはそうでしょうね。うちでも、アイランドウェーブとの関連は調べましたが、仲屋と沢田の関係は、以前仲屋が沢田の店の従業員をしていたというくらいしか出てきませんでした。ですが、問題は仲屋ではなく、副社長を務めている桑原です」

益尾は話しながら、アイランドウェーブの資料を表示し、会社概要の役員欄に名を連ねる桑原の名を指した。

「桑原だと⁉」

楢山の目が鋭くなる。

「桑原は、沢田がウインドサンを設立した当初、起《た》ち上《あ》げメンバーとして関わっていました」

「沢田の舎弟ということか？」

檜山が訊く。

「沢田が波島組の組員だとすれば、そういう言い方になりますね」

益尾が首を縦に振る。

「その後、桑原はウインドサン系列のキャバクラ店を転々としていますな」

比嘉は自分のデスクトップパソコンで資料を見ながら言った。

「はい。マネージャーとして、店舗の管理をしていたようです。ところが、そこにもあるように、四年前にウインドサンを突然退社し、そこからアイランドウェーブのアドバイザーとして表舞台に姿を現わすまでの期間、数年ですが、その間、何をしていたのかは不明です。ただ、時同じくして、ウインドサンに関係する薬物や売春、高金利融資の噂が出るようになったので、我々は桑原が実質、裏稼業を仕切っていたのではないかとみています」

「どのくらい、捜査は進んでいるんだ?」

檜山が訊いた。

「違法金融や薬物など、個々の事案については調べが付きつつあります。今後は組織化しているかどうかを調べていくことになります」

「アイランドウェーブも、組織を構成する会社ではないかということですな?」

比嘉の問いに、益尾は首肯した。

「ちょうどいい機会なので、こちらで少し調べてみようかと」

「では、うちのサイバー班と連携してください。県内でも、ＳＮＳ絡みの事案には手を焼いているところです。情報共有していただけるとありがたい」

「もちろんです。急な申し出で申し訳ないのですが」

「さっそく、手配しましょう」

比嘉がデスクの受話器を持ち上げようとする。

同じタイミングで、比嘉のスマートフォンが鳴った。

「失礼」

比嘉は受話器を戻し、スマホを取った。知念からだった。

「もしもし、どうした？」

――東京に出向している捜査員から、綱村啓道が羽田発那覇行きの航空機に乗り込んだとの連絡がありました。

「綱村が動いたか！」

比嘉はスマホを握り、楢山を見た。

楢山の眉間に皺が立つ。

――私は今、那覇空港にいますが、まだ旧座間味の関係者は見当たりません。

「わかった。おまえはそのまま、空港周辺の監視に当たれ。応援を出す」

比嘉は電話を切った。

「綱村が動いたのか？」

楢山が訊いた。

「はい。今、こちらへ向かっているようです」

「綱村というのは、元座間味組の？」

益尾が訊く。楢山はうなずいた。

「竜星君を狙っているのでしょうか？」

益尾が言う。

一応、綱村啓道に関しては、楢山から一通り事情を聞いていた。

楢山は、綱村が出所後、結果的に座間味組を潰すきっかけを作った竜星に仕返しをするのではないかと危惧《きぐ》していた。

益尾も同感だった。

「綱村が動く限り、俺たちや竜星に何もしねえというのは考えにくいんだが——」

「東京での行動が気になりますか？」

「うむ。なぜ、熊本から直接、島へ戻ってこなかったのかがわからねえ」

楢山は腕組みをした。

「うちの組対に調べてもらいましょうか？　四課は、沢田が沖縄へ来たことを気にかけています。波島と関連があれば、うちの方としても無関係とは言えないので」

「そうしてもらえるとありがたいです」

比嘉が答えた。

「じゃあ、すぐに手配します。僕はサイバー班で打ち合わせた後、竜星君の高校に寄って、そのまま家に連れて帰ります。綱村がこちらを狙っているようであれば、すぐに連絡をください」

「わかった。頼んだぞ」

楢山に言われ、益尾は首肯し、席を立った。

「楢山さんは金武さんのところへ行ってくれますか？　綱村が仕返しに戻ってくるのであれば、金武道場も的《まと》でしょうから」

「そうだな。綱村の動きは、逐一、メッセージでいいから報告を入れておいてくれ」

「わかりました」

比嘉がうなずく。

楢山は杖を握って、立ち上がった。

2

下地拓洋《しもじたくひろ》は、古城に呼び出され、古城の事務所に来ていた。

下地は浦崎の同級生で、南部開発の反対運動に参加していたマンゴー農家だ。浦崎と安里真栄が入院している今、反対運動のリーダー代行を引き受けている。

「由之、一人で来いって、どういうことさ」

ソファーで対峙している古城を睨みつける。

古城は見つめ返し、微笑んでいる。

「拓《たく》にいが、今、反対派のリーダーなんでしょ?」

下地のことを親しげに〝拓にい〟と呼び、訊いた。

「栄信たちがいないから、引き受けてるだけさ。俺はそんな器じゃないさー」

下地が自重する。

と、古城は小さく息をついた。

「拓にい、なんでいつもそうかなあ」

「なんだよ」

「拓にい、栄信さんの同級生なのに、いつも栄信さんの後ろで遠慮がちにしてるだけ。ケンカも強いし、後輩たちからも慕われてるのに」

「俺はそれでいいんだよ。人にはそれぞれ役割ってもんがあるさ」

「拓にいは、ずっと二番手でいいってこと？」

「俺は自分で言うのもなんだが、人がいいだけさ。栄信のように強烈なリーダーシップはないし、真栄みたいに賢くもない。ただ、人当たりがいいから、意見が対立する双方の緩《かん》衝《しょうやく》役にはなれる。一番、三番とかそういうことじゃないさ」

「もったいないなあ。僕は、拓にいが一番になった方が、いろいろまとまると思うんだ」

「何が言いたい？」

下地は怪訝そうに目を細める。

古城は身を乗り出し、下地を直視した。

「会ってもらいたい人がいるんだ」

そう告げ、上体を起こした。

「新里君」

ドアの向こうに声をかける。

はい、と英美理の声がし、ドアが開いた。英美理が大きくドアを開く。

「どうぞ」

誰かを見て、部屋の中を手で指した。

小ぎれいなスーツを着た、すらりとした背の高い男が姿を現わした。

古城が立ち上がった。男を見て、一礼する。

男の後ろから、タイトなスーツを着た化粧の濃い女性と、ラフなジャケットを着た若い男が入ってきた。

「拓にい、こちら、衆議院議員の千賀理先生です」

背の高い男を指す。

下地は立ち上がった。

「初めまして、下地です」

深々と礼をする。

下地は古城に促され、座っていた場所から離れた。そこに千賀が歩み寄って座る。隣に女が進み、女の左斜めにある一人掛けソファーの脇に若い男が立った。

「こちらは、人材派遣会社を経営されている沖谷令子社長、こちらはリゾート開発会社の那波哲人社長です」

古城が令子と那波をそれぞれ紹介する。

「沖谷です」

令子は上体をしならせるように会釈をし、名刺を差し出した。

那波も下地に名刺を渡す。

下地はわけがわからないうちに、名刺を受け取っていた。

「座ってください」

古城が促す。

下地は千賀の向かいのソファーに浅く腰かけた。令子と那波も座り、古城が最後に腰を下ろす。

「新里君、コーヒーを」

「かしこまりました」

英美理がいったん外に出て、ドアを閉める。

下地は背筋を伸ばして太腿に手を置いた。顔を上げられず、うつむいている。

古城たちも黙っていた。しかし、その視線が自分に向いていることを、下地はひしひしと感じていた。

英美理がコーヒーを用意して、戻ってきた。ほろ苦い薫りが室内に広がる。カップとソーサーがカチャカチャと音を立てる。

英美理はそれぞれの前にコーヒーを置き、また部屋を出た。

下地以外の四人はコーヒーを飲み始めた。スプーンがカップに当たる音や、コーヒーを啜る音が響く。

「下地さんもいかがですか？」

令子の声がした。

一瞬だけ、顔を上げる。

「あ、いただきます」

下地はまた目を伏せ、カップを取って、ずずっとコーヒーを啜った。カップを戻し、横目で古城を睨む。

「由之、どういうことだ……」

小声で言う。

と、目の前の千賀が口を開いた。

「下地さん」

「はい」

下地は顔を上げた。膝を合わせてまっすぐ座り、千賀を正視する。

千賀は微笑んだ。

「そう緊張なさらずに」

穏やかな口調で言い、ソーサーごと持っていたカップをテーブルに置いた。

「あなた方のグループが、南部開発の噂を聞きつけ、反対運動を展開していると伺いましたが」

「そうです。我々が祖先から受け継いだ地。しかも、開発が噂されているエージナ島は御嶽のある場所。そんな神聖な場所を経済活動のために荒らされるのは見過ごせませんので」

下地ははっきりと言った。

「素晴らしい活動だと思いますよ、私は」

千賀は笑みを濃くして、下地を見つめた。

「近年、インバウンドだかオリンピックだか知らんが、日本の伝統を無視する開発が多すぎます。日本の伝統とは何か、おわかりになりますか？」

「和や侘《わび》・寂《さび》を重んじる……ということでしょうか？」

「違います」

千賀は下地を見据えた。眼力が強い。下地は思わずたじろぎ、背もたれに仰け反った。

「破壊と再生ですよ」

にやりとし、ソファーの背に深くもたれ、脚を組んだ。

「この国は常に、今あるものを壊し、新しいものを作ることで発展してきました。地震や戦争などで仕方なく破壊された不幸もありますが、多くは自らの手で壊し、自ら創造してきたのです。しかし今は、古き良きを残し、歴史と同居しつつ、新しい街を創ろうなどと寝ぼけた話ばかりしている。これでは、この国の強みであるイノベーション力は失われ、ひいては国そのものの衰退を招きます」

「つまり……どういうことでしょう？」

下地は首を傾げた。

「つまり──」

千賀は脚を解いて、身を乗り出した。

「古きを壊し、新しい時代を作るのです」

下地をグッと見つめる。

下地は千賀の発言の意味を理解した。眉を吊り上げ、古城を睨む。

「由之。何の真似だ？」

「拓にいに一番になってほしいから、先生方に会わせたんです」

「南部開発の話は本当だったんか！」

下地は怒鳴って、立ち上がった。両手に拳を握り、唇を震わせて、古城を睨み下ろす。

「まあまあ、下地さん、落ち着いてください」

那波が割って入ろうとする。

「あんたは黙ってろ！」

下地は那波を睨んだ。

那波は肩を竦めて見せるが、特に怯んでいる様子はない。

「すぐに戻って、この事実をみんなに伝える。おまえらの計画が通るとは思うな！」

声を荒らげ、一同を睥睨《へいげい》した。

と、令子が小さく笑った。

「何がおかしい！」

令子を睨みつける。

令子はコーヒーを一口飲んでカップを置き、やおら顔を上げた。

「下地拓洋さん。今年は天候不良で、マンゴーの出来もよくないそうですね。上のお子さんは、福岡の大学に在学中。下のお子さんも、今年受験なさるんでしょう？　どうされるんです？　学費や仕送りのお金」

冷ややかな目で見つめる。

「おまえら、そんなところまで……」

下地が奥歯を噛む。

「ついでじゃないですけど、教えといてあげますね。あの人が戻ってきますよ」

「あの人とは？」

「綱村啓道」

令子は片笑みを滲ませた。

下地の顔が強ばる。

「啓道って……座間味のか！　おまえら、あんなヤツと組んでいるのか！　由之！」

下地は古城の胸ぐらをつかんだ。両手でつかみ、引き寄せる。古城の腰が浮いた。殴られまいと、顔の前に両手を立てる。

瞬間だった。

フラッシュが瞬いた。

下地は閃光に目を細めた。

フラッシュは二度、三度と光った。

「南部観光開発反対派のリーダー代行、下地拓洋が、同地区選出の県議会議員、古城由之に暴行を働く。県内では大きなニュースになりそうですねえ」

デジタルカメラを握った那波が意味深に笑う。

「何してんだ、おまえは！」

古城を突き飛ばし、那波のデジカメに手を伸ばす。

那波は下がりながら、連写した。

「怒り狂った下地氏は、同席者にも殴りかかった！」

笑いながら写真を撮り続け、逃げ回る。そして、千賀の後ろに立った。

下地はテーブルを回り込み、那波を捕まえようと歩を踏み出した。

千賀が立ち上がった。下地の前に立ち、見下ろす。

「反対派の話を聞こうとしていた、元沖縄・北方対策特命担当大臣政務官の千賀理氏にも殴りかかる暴挙」

　令子が座ったまま、さらりと言う。

「国会議員の先生にまで手を出したとなれば、反対運動は支持されないでしょうね。どうなさるつもり？」

　ちらっと下地を見上げる。

　下地は顔を真っ赤にし、拳を握り締めて、千賀の胸元あたりを睨んだまま、仁王立《におうだ》ちした。

　古城は下地に歩み寄った。

「拓にい、話を聞いてくださいよ」

　肩に手を置く。

　下地は右腕を振ろうとした。が、那波のカメラが狙っていることに気づき、体を揺さぶるだけにした。

「下地さん、座ってください。このままでは、不本意ながら、今、那波君が撮影した画像を流さなければならなくなる。とりあえず、我々の話を聞いていただいた上で、それでも反対であれば、運動を続けていただいて結構。我々も別の案を考えます。ただ、あなた方と話もできないまま、一方的な反対運動で、地域の活性化につながる話を潰されるのは、私も政治家としてしのびない。古城君の話では、前リーダーの浦崎さんや安里さんには聞く耳がないということだった」

千賀が話す。

「それで、栄信や真栄を襲ったのか……」

「それは私も知らない。彼らが暴行を受けたことは、実に由々《ゆゆ》しき出来事だと思う」

「しらばっくれる気か！」

下地が顔を上げる。

「本当よ。先生は何もご存じない」

令子が口を開いた。

下地は令子を睨んだ。

「ここから先は、私たちと下地さんで話しますので、先生はそろそろ」

令子が千賀を見やる。

「そうか。では、頼む」

千賀はそのままドア口へ歩き出した。

「待て！　逃げるのか！」

下地が怒鳴った。

「逃げるんじゃありませんわ。先生が聞かない方がいい話なので、ご退室いただくだけ。先生、かまわずにどうぞ」

令子が促す。

千賀は振り返ることなく、そそくさと部屋を出た。

下地が追いかけようとする。古城が間に立ちふさがった。

「拓にい！」

両肩を握る。

「頼みます」

握ったまま、頭を下げる。

下地は古城を睨んだが、ソファーに腰を下ろした。

千賀がいたところに、那波が座った。下地は令子と那波に対峙する形になり、二人を交互に睨んだ。

二人は涼しい目で見返した。

「栄信たちを襲ったのは、おまえらか？」

下地が訊いた。

「そうよ」

令子はさらりと答えた。

下地の目が吊り上がる。古城は下地の怒気を感じ、息を吞んだ。

「本当は、ただ脅すだけだったの。手を引かすためにね。でも、こちら側が思ったより弱くて、大事になってしまっただけ」

「だけって……。あいつらは入院してるんだぞ！」

下地の腰が浮く。古城はあわてて肩を押さえた。

「死ななかっただけ、よかったじゃないの。こっちは二人死んでるんだから、勘定が合わないわ」

「おまえら……人の命をなんだと思ってるんだ！」

下地がテーブルを叩いた。カップが揺れ、コーヒーがこぼれる。

古城と那波は、びくっと肩を揺らした。が、令子はぴくりともしない。

どころか、下地を冷たく見据えた。

「命はお金で買えるの」

「バカにするな！」

「本当のことを言ったまで。お子さんの学費、どうなさるおつもり？　マンゴーの収入だけじゃ、まかないきれないでしょう？」

「ほっといてくれ！」

「上のお子さんは奨学金をフルで借りて、二十歳で借金四百万円。下のお子さんの学費も奨学金でしょう？　また、そんな借金を背負わせるわけ？　親として情けないと思わない？」

「おまえら、俺のそんなところまで調べているのか！」

「あなただけじゃない。反対運動をしている全世帯の収支を把握してるわ。みんな、カツカツじゃないの。あなたたちは、地域を守って、先祖代々の土地を守って、それでいいかもしれない。けど、親の経済状況は子供にツケを回す。あなたたちの伝統やら誇りやらで、子供の未来を潰すわけ？　子供の立場にしてみれば、冗談じゃないわよ」

「知ったふうな口を利くな！」

「知ってるわ。私がそうだったから」

令子はまっすぐ下地を見つめた。

「私の家は、老舗《しにせ》の和菓子店を営んでいたの。小さい頃は、毎日家でお菓子が食べられて、うれしかった。けど、私が大学へ進学しようとした時、突然、店がなくなった。億単位の借金を抱えてね。私は、家が借金まみれになっていたことを知らなかったの。父は、伝統にこだわって、昔ながらの和菓子を作り続けたんだけど、当然、時代の流れとともに売れなくなった。それでも、頑《かたく》なに伝統を守り続けて、ついには借りられるところもなくなり、突如倒産。父は、代々続いてきた店を潰したことに堪えられなくなり、自殺した」

令子の言葉に、下地だけでなく、古城と那波も息を呑んだ。

「おかげで、私は大学に通えなくなり、働いて、親の代わりに借金を返すことになった。人生の最も輝かしい時期を、お金のせいで失った。私は今でも、そこまで私を追いやった両親を恨んでるわ」

　令子は下地を見つめる。

　下地は目を伏せた。

「今、あなたたちがしていることは、うちの父と同じ。伝統を守れるに越したことはないけど、それは、最低限生きていける生活費が捻出《ねんしゅつ》できることが絶対条件。借金をしてまで続けることじゃない」

　令子は淡々と続ける。

「私たちは、無理に南部を開発しようなんて思っていない。エージナ島が大事な場所なら、久《く》高島《だかじま》のように立ち入り禁止にしてもいい。そんな話し合いすらできず、一方的に反対と喚《わめ》かれては、私たちも力に頼るしかない」

「だからといって、暴力を振るってもいいというのか？」

　下地はうつむいたまま、言う。

「話もできない相手は黙らせる。それが、権力のやり方。違うかしら？」

　令子はにべもなく言った。

「私たちにはお金も腕力もある。あなたたちにあるのは土地への執着とプライドだけ。綱村が暴れ出したらどうなるか、あなたたちはよく知ってるんじゃない？」

「啓道もおまえらの子飼いということか」

「そう取ってくれて結構よ。ただ、彼を押さえられるのは私たちしかいない。あなたが、いえ、あなたたちが話に乗ってくれるなら、彼は押さえる。拒否をするなら、あなたたちは、家も畑も失うことになる」

「今の話をすれば、警察が動く。そうなれば、おまえらも千賀も終わりだぞ」

「ご心配なく。私は終わらない。それに、もし終わるにしても、私だけでは終わらない。あなたや反対派の何人かには、同じ思いをしてもらう。上のお子さん、たしか、大学の寮《りょう》に入ってるんですよね？」

「何をする気だ……」

下地が目を剝いた。

令子はにやりとするだけ。

「子供たちは関係ない！　家族には手を出すな！」

「あなた方次第です」

令子は立ち上がった。

「一週間ほど、那覇のハイアットにいます。意見をまとめて、ホテルに来てください。良い返事がいただけるものと信じています。それでは」

令子は会釈し、背を向けた。

那波も立ち上がった。下地をひと睨みし、令子と共に部屋を出る。

ドアがゆっくりと閉まった。

古城は太腿に手を置いた。

「すまない、拓にい。僕も、こんなことになるとは思わず、ヤツらに協力してたんだ。千賀先生に、次は国政に送ってやるとも言われて……」

そのまま深く腰を折る。

下地は顔を上げた。うつむいたままの古城の背中を軽く叩いた。

「啓道まで引っ張り出すような連中だ。おまえを丸め込むくらい、たやすいことさ」

「すまない、ほんとに。栄信さんにも真栄さんにも合わす顔がない……」

肩を震わせる。

下地は古城の背中をさすった。

「どうすればいいか、考えてみる。おまえはあいつらや啓道が暴走しないよう、見張っててくれ」

背中をトントンと叩き、立ち上がると、そのまま静かに部屋を出た。

ドアの閉まる音がした。古城はそれから少し間をおいて、ゆっくりと上体を起こした。

「相変わらず、めんどくせえなあ。だから、南部の人間は嫌いだ」

ドア口を睨みつけ、吐き捨てた。

3

午後三時を回った頃、綱村は那覇空港に降り立った。

到着ロビーに出て、視線を這わせる。ところどころに警察関係者がいることがわかる。

店の陰や柱に身を隠している者もいれば、ロビーに突っ立って、あからさまに綱村を見据えている者もいる。

綱村は気がつかないふうを装い、タクシー乗り場へ向かった。

警察が綱村の動向を見張っていたのは、東京にいる時からわかっていた。

刑期をまっとうしても監視されている事実はおもしろくないが、一方で、極道《ごくどう》の勲章《くんしょう》みたいなものだと思うところもある。

下っ端のどうでもいい雑魚《ざこ》なら、出所後、しつこく追い回されることもない。

それだけ、綱村啓道の名が知れているという証明だ。

綱村はタクシーに乗り込んだ。

「どちらまで？」

バックミラーで綱村を見やる。若い運転手だ。怖がる素振りはない。

無理もないか……。

綱村は小さく息をついた。

名が売れているとはいえ、座間味組があってこその綱村啓道でもある。しかも、二十年近く、刑務所にいた。暴力団と関わりのない若い者に、綱村のことを知らない者も多いのも無理はない。

「泉崎《いずみざき》の交差点まで行ってくれ」

綱村が告げる。

運転手は返事もせず、発進した。

無礼な態度に苛立つが、つまらないトラブルを起こしても仕方がない。

黙って、車窓を眺めた。

空港道路と呼ばれている国道332号線を進み、331号線へ入って明治橋を渡ると、ゆいレールが見えた。

そのまま北へ進むと、まもなく泉崎の交差点に到着した。十分にも満たない道程だ。

綱村は金を払って、車を降りた。

二十年ぶりの街を見回す。

「変わっちまったな……」

つい、こぼれる。

道路はきれいになり、知らない建物が並んでいる。逮捕された時にはできていなかったゆいレールが、街のインフラとして定着し、違和感なく走っている。

慣れ親しんだ土地のはずなのに、異国へ来たようなむず痒さを覚える。

綱村は久米《くめ》大通りに面したホテルに入り、チェックインした。

部屋へ入る。狭い部屋だった。

スポーツバッグを椅子に置いて、ベッドに仰向けに寝転ぶ。

天井を見つめる綱村の口から、また、ため息がこぼれた。

座間味組があれば、ビジネスホテルに泊まることもなかった。今頃は、仲間たちと古謝の邸宅でどんちゃん騒ぎをしていたことだろう。

島へ戻るまでは、きっちり仕事を済ませて、座間味組の再建に尽力するつもりだった。が、空港を出てわずか十分程度で、その意思が揺らいだ。

二十年後の街の空気は、自分が知っていたそれとは違っていた。

どことなく華やかになり、どことなくきれいで、どことなく落ち着かない。

綱村の知っている島は、もっと猥雑《わいざつ》で混沌《こんとん》としていて、それでいて活気があり、人々が必死に生きる熱というか、息吹《いぶき》のようなものが漂っていた。

どこへ行ったんだ、あの空気は……。

帰ってくる場所を間違った気さえする。

ドアがノックされた。

「フロントの者です」

声がかかる。

綱村はむくりと起き、ドア口に歩いた。ドアを開ける。かりゆしウェアを着たメガネ姿の男が立っていた。

「宿泊予約の件で確認したいことがあるんですが」

「どうぞ」

綱村は男を招き入れた。

男は一礼し、綱村の後に続いて、部屋に入った。

綱村はベッドに上がり、ヘッドボードに枕を立て、もたれる。

男は立ったまま、綱村を見やった。

「初めまして。アイランドウェーブの桑原です」

メガネを外して、深く礼をする。

綱村は、警察の目があることがわかり、事前に桑原に宿泊先を伝え、訪れるよう指示していた。

桑原も警察の監視を逃れるため、従業員に化け、部屋を訪れた。

「まあ、座れ」

「失礼します」

桑原は椅子を引いて、ベッドの脇に寄せ、腰かけた。

「サツは？」

「うじゃうじゃいました」

「気づかれてねえな？」

「今朝から、従業員として待機していましたので」

桑原の言葉に、綱村はうなずいた。

「さっそくだが、こっちで起こったことを教えろ」

「はい。うちの本家から、南部で観光開発の反対運動をしている連中のリーダーである浦崎栄信に話をつけてくれという依頼がありました。俺は波島の人間なので、当然、俺が行くと言ったんですが、仲屋社長が自分が行くと言ってきかなかったんです」

「なぜだ？」

「自分は島の人間だから、よそから来たおまえよりは話がしやすい。島の者はよそ者は嫌うが、島の人間には心を開くから、と」

「まあ、そりゃ、仲屋の言う通りだな。しかし、わからねえ。話し合いに行った仲屋がなんで殺されたんだ？」

「向こうが最初から話す気がなかったみたいなんです。で、話し合いに応じるよう」

「脅したというわけか？」

「はい。ですが、向こうも強くて、返り討ちに……」

桑原は拳を握り締めた。

「俺が行ってりゃ、社長を死なすことなんてなかったんですが」

うつむいて、肩を震わせる。

綱村はその様子を冷めた目で眺めた。

「芝居《しばい》はやめろ。現場の状況を聞きゃあ、てめえらが待ち伏せしてたことくらいわかる。バットやら目出し帽やら。サツが俺らを嵌めるのに、そんな手の込んだことはしねえよ。てめえら、最初から浦崎ってのを痛めつけるつもりだったんだろ？」

言い放って、桑原を睨む。

震えていた肩が止まる。少しの間、桑原は逡巡するように固まっていたが、やがて、むくりと体を起こした。

「さすがですね、綱村さん」

殊勝《しゅしょう》な顔つきだった桑原の目が淀《よど》んだ。

「そうでなきゃな、ヤクザは」

綱村が睨み返す。

「誰の指示だ？」

「親父です。それは間違いありません」

「浦崎を殺せと言ったか？」

「いえ、痛めつけて見せしめにしろとのことでした。しかし、浦崎と、一緒にいた安里ってのも強くて、返り討ちに遭いました」

「安里真栄か？」

「そうです」

　桑原が言う。

　綱村は少しうつむいた。そして、大声で笑いだした。

「安里に浦崎か。そりゃ、おまえらごときじゃかなわねえな」

「知ってるんですか？」

「安里は知ってる。昔、影野とつるんでいたヤツだ」

「影野？」

「もぐらとか呼ばれていたヤツさ。うちの島を荒らして、しまいには、その息子がうちを潰すきっかけを作っちまった。座間味にとっちゃ、疫病神《やくびょうがみ》みたいな連中だ」

　遭遇することのなかった竜司の姿を思い浮かべ、眉尻を上げる。

「それに、浦崎ってのは、名前は聞いたことがある。南部にえれえ強いヤツがいるって話でな。噂が俺にまで届くほどだ。相当な腕だろうよ」

「そんなに強いヤツらだったんですか……」

「まあ、よそ者のおまえや叔父貴が知らねえのも仕方ねえ。てことは、仲屋が自分から行くと言ったってのも嘘だろ?」

「いや、それは――」

桑原はごまかそうとした。

だが、目を剝いた綱村の眼力に呑まれ、視線を逸らした。

「叔父貴の考えそうなことだ。仲屋ってのが座間味にいたかどうかは知らねえが、座間味の看板を背負ったヤツがやられれば、俺が怒り狂って、南部の連中を叩きのめすとでも思ったんだろう。小賢《こざか》しい」

綱村は吐き捨てた。

桑原は見事に言いあてられ、目を伏せたまま上げられなかった。

「ふらーな親持つとぅあわりするやー」

綱村がつぶやく。

「なんです?」

桑原は思わず顔を上げた。

「バカな親を持つと苦労するな、と言ったんだ。座間味の再興というのもホラだな。やってられねえなあ」

綱村は鼻で笑った。

と、桑原は突然椅子を降りて、正座した。

「綱村さん！　お願いします！　南部の連中の反対運動を止める手伝いをしてください！」

いきなり、土下座する。

「うちの再建がかかってるんです！　うちの親父はバカかもしれねえけど、親は親。助けなきゃならねえんです。お願いします！」

「冗談じゃねえ。勝手にやれ」

「頼みます！」

カーペットに額をこすりつける。

「やらねえと言ってんだろうが」

綱村の低い声が響いた。

桑原は頭を上げられずにいる。

桑原の必死の訴えはわからなくもない。桑原も生長に命令されているか、もしくは兄貴分に命じられているのだろう。ヤクザにとって、上の命令は絶対だ。ＮＯはない。

綱村を使えと言われていれば、その指示にも従わなければならない。

「どうあってもやらねえぞ。ただ――」

綱村は桑原を見据えた。

「仲屋ってのが座間味と関係があるなら、そのカタはつけなきゃならねえ。浦崎と安里は俺がカタをつける」

綱村の言葉を聞いて、桑原は顔を上げた。

「本当ですか！」

「おまえらのためじゃねえ。こっちの問題だ。あとは知らねえから、おまえらでなんとかしろ。一応、言っとくがな。今度、俺を嵌めようとしたら——」

綱村は上体を起こして、桑原を睨みつけた。

「波島ごと潰すぞ」

目がぎらついた。

桑原はあまりの圧に息を止めた。

「叔父貴に言っとけ」

「わかりました」

「もういいぞ」

綱村が言うと、桑原は立ち上がった。

「失礼します」

深々と頭を下げ、ドア口へ向かう。

「あー、桑原」

呼び止めると、桑原はびくっとして、背を向けたまま直立した。

「嫌になったら、盃返して、さっさとやめちまえ。叔父貴の下にいる限り、使われるだけだ。使えなくなったら、切られるだけだからな。つまらねえ親に命をくれてやるな」

綱村は言った。

桑原は拳を握り締めて、振り返った。そしてもう一度、深く礼をして、部屋から駆け出た。

綱村は天井を見上げ、大きく息をついた。

4

沢田はウインドサンの社長室で、桑原からの報告電話を受けていた。

「そうか……わかった。綱村の件は、ちょっと待て。親父には、今週中に動きそうだとでも言っておけ。それよりも、おまえらは逃げたヤツの捜索を急げ。長引くと厄介なことになりかねねえからな。頼んだぞ」

端的《たんてき》に命じ、いったん電話を切った。

ハイバックの椅子に深くもたれ、肘掛に両肘を置いて、深いため息をつく。

「まあ、親父の猿芝居じゃ、綱村は騙せねえわな」

独り言ちて、またため息をつく。

生長は、沢田が綱村の件について、細かいことは知らないと思っている。

しかし、沢田は独自の情報源から、生長が沖縄の南部開発絡みで綱村を利用しようとしていたことはつかんでいた。

おそらく、生長の事務所から沢田が帰った後、綱村にあれこれ吹き込み、沖縄へ帰らせるよう仕向けたのだろう。

綱村が滞在しているホテルを出たと部下から報告があってすぐ、沢田は桑原に連絡を入れた。

そして、綱村との面会内容を教えるよう指示していた。

桑原は、生長から直接の指示も受けていた。

綱村を丸め込んで、南部の反対派を襲わせろと。

だが、生長の思惑通りにはいかないようだと思い、沢田へ先に電話をしてきた。

賢明な判断だ。

生長へ連絡をすれば、四の五の言わず、綱村を突っ込ませろと命じただろう。

絵図も何もありゃしない。下の者に無理難題を押しつけ、うまくいけば自分の手柄、しくじれば部下の責任。それだけで乗り切ってきた男だ。

案の定……といったところだが、放置しておくわけにもいかない。

「どうするかな……」

沢田は脚を組んで、椅子を揺らしながら宙を眺めた。

綱村が動こうと動くまいと、南部の反対派の件は処理しなければならない。

部屋をぼんやりと見つめつつ、思案を巡らせる。

桑原の話によると、古城が反対派リーダーの代行をしている下地という男を抱き込んだという。

そのまま、その下地が他の反対派住民をまとめてしまえば、面倒なく、事は片づく。

が、浦崎の意識が戻り、仲屋たちを殺害していないことをしゃべられるのもうまくない。

といって、口を封じるには、警察のガードが固すぎる。うっかり手を出せば、沖縄での足掛かりと重要な資金源を失うことにもなりかねない。

「やはり、綱村に暴れてもらうしかないか……。では、どうする？」

思ったことが口からこぼれる。

肘掛を指先で叩きながら、考えを深めていく。

指が止まった。

「わかりやすい仕掛けをするか」

沢田はにやりとし、スマートフォンを手に取った。

5

金武道場の事務所には、金武と楢山だけがいた。

楢山から綱村が戻ってきたことを聞き、金武は事務を担当してくれている女性を帰宅させ、連絡するまで自宅待機を指示した。

道場には誰もいない。生徒たちには稽古の当面の中止を知らせ、師範《しはん》たちは内間からの連絡を受け、豊崎の捜索に出ていた。

時刻は午後五時を回ったところ。捜索に出た者から、豊崎が見つかったとの連絡はない。

「今日は厳しいですかね……」

金武がつぶやく。

「まあ、まだ五時だ。待つしかねえ」

余裕を見せようとする楢山だが、足裏はとんとんと床を叩いていた。

内間は金武に、警察には報せないでほしいと頼んだが、事情を聞いた楢山は比嘉にだけは連絡を入れておいた。

もし、豊崎が見つかって、道場に連れて来られたら、ただちに保護したほうがいい。

楢山からの連絡が入り次第、組対がすぐ駆けつけるよう、手配している。

「綱村の方も動きはないようですね」

「ああ。午後二時ごろ、泉崎のホテルにチェックインしたという連絡以降、報せはないからな。そっちは、今は気にしなくていい」

「楢さん。何が動いてるんですかね？」

「さあな……」

楢山は答えた。

ただ、楢山も金武も、周りに漂う空気に不穏なものを感じている。闘ってきた者だけが感じる〝勘〟のようなものがざわつく。

「金武、おまえ、綱村のことを知っているよな？」

「はい」

「俺がおまえや比嘉たちから聞いた限りでは、綱村は直情的で、いったん狙いを定めたら後先かまわず、正面からぶっこんでくるような男だと思ったが」

「そういう男です」

「そいつがなぜ、島に戻って動かない？」

楢山は自分の中にくすぶっていた疑念を吐き出した。

「……実は、俺もそこが気になっていました」

金武が言った。

「あいつのいない二十年弱の間に、島は様変わりしました。あいつの住んでいた家は当然なくなってますし、座間味もなくなって行き場所はないはず。それでも島に戻ってきた目的は、ただ一つ。座間味に引導《いんどう》を渡した俺らや竜星を殺りに来たんでしょう。それなら、ホテルなどに泊まらず、直接突っ込んでくると思います。ヤツの性格を考えれば」

「そうはなってねえな」

「そうなんですよ……」

金武が腕組みをする。

「綱村が島で、座間味の件とは別の因縁を抱えているということはねえか？」

「さあ、わからないですが、ヤツは座間味一筋の男でしたから」

「別の因縁がねえとすれば――」

楢山は腕組みをして、天井を睨んだ。

「親か」

独り言ち、顔を下ろした。

「綱村の両親は、島にはいないですよ」

「違う。組長のことだ。生粋《きっすい》のヤクザが絶対服従をするのは親父、盃を受けた親だけだ」

楢山は言い、スマートフォンを出した。

比嘉に連絡を入れる。

「楢山だ。いや、豊崎はまだ見つかってねえ。別件なんだが、座間味の古謝は、今どこにいるんだ？　島を出たと聞いているが。うん……うん？　戻っているのか？　場所は？」

楢山はメモを取り始めた。

「わかった。すまんな。いや、ちょっと気になることがあるんで、調べてえだけだ。何かあれば、連絡を入れる」

楢山は電話を切った。スマホをポケットに突っ込み、杖をつかむ。

「どこへ行くんですか？」

「古謝に会ってくる」

「戻ってるんですか！」

「そうらしい。古謝が何を命じたのかわかりゃあ、ヤツの動きがわかるし、目的がわからなくても、古謝が命令すれば、ヤツの暴走は止まる」

「そんな簡単に行きますか？」

「綱村が生粋の極道なら、それで万事治まる」

楢山は笑みを滲ませた。

「豊崎が連れて来られたら、保護して、すぐに比嘉へ電話しろ。綱村が突っ込んできたら、相手にするな。つまらねえ逆恨《さかうら》みに付き合うことはねえからな」

「わかりました」

金武がうなずくのを見て、榴山は道場を飛び出した。

6
「お疲れさんでした。また、来週」

竜星は三線を入れたソフトケースを肩に提げ、教室を出た。

と、廊下ですぐ足を止めた。

「益尾さん！」

「よっ」

益尾は右手を上げた。

竜星が歩み寄る。

「どうしたんですか？」

「ちょっと捜査でこっちに来たんで、君の学校生活を覗いておこうかと思ってね」

微笑みを向け、歩きだす。竜星も並んで、玄関へ向かった。

「何か、イベントでもあるのか？」

益尾は三線に目を向けた。

「卒業式に僕ら卒業生が演奏するんですよ」

「いいなあ。カチャーシーか？」

「それもあります。五曲ぐらい演奏するんで」

「大変だな」

「でも、楽しいですよ」

屈託なく笑む。

思わず、益尾の顔もほころんだ。

「にしても、三線うまいな」

「僕なんて、まだまだです」

「いや、外でこっそり見てたけど、うまく爪も使えてるし、リズムも取れてる。実は僕も、三線を練習していたことがあったんだけどね。いかんせん、音楽の才能はさっぱりのようで、『十九《じゅうく》の春《はる》』も断念したよ」

「あれ、意外と難しいんですよ。イントロ部分のリズムは独特だし、八分休符《はちぶきゅうふ》も入ってるから。歌を合わせると、なおさらです」

「でも、竜星君は弾けるんだろう？」

「そりゃまあ、小学生の頃からやってますからねー」

「楽器のできる人がうらやましいよ」

「益尾さんも練習すればできるようになりますよ。ボクシング強いんだから、リズム感はあるでしょうし。できなくても続けるのがコツだって、小学校で三線教えてくれた先生が言ってました」

「そういうことではあるがな」

益尾は苦笑した。

校門を出て、安達家へ向かう。日が暮れ始め、街が茜《あかね》色に染まり始める。たわいもない話をしながら帰途についているが、路地から人影が現われるたびに、益尾がかすかにピリッとする。

竜星はその空気を感じ取っていた。

「進学の件は、考えてみたかい？」

益尾が訊く。

竜星は、少しだけ返答に窮した。

「やはり、地元か九州の大学へ行くのか？」

「それが……。少し迷ってます」

「進学自体をか？」

「いえ。東京の大学へ行くかどうか」

「何かあったか？」

「真昌に言われたんですよ。僕は真昌の希望の星だから、内地でデカくなってくれって」

「真昌君らしいな」

益尾は笑った。

細いカーブ道を曲がったところで、ふとバイクが現われた。

また、益尾の神経が尖《とが》るのを感じた。

「で、どうするんだ？」

「正直、決めかねています」

「そういえば、訊いてなかったな。君は何をしたいんだ？」

益尾は竜星を見やった。

「ロボット工学です」

「へえ、それはそれは。理数系に興味があることはそれとなく感じていたが、ロボットに興味があったとはねえ。しかし、考えてみると、君らしいな」

「僕らしいとは？」

竜星は益尾を見返した。

「楢さんだろ？」

正視する。

竜星は一瞬固まり、すぐに視線を外した。

「図星か。君は優しいな」

益尾は目を細めた。

「竜星君。少し生意気なことを言わせてもらうよ」

「なんでもどうぞ」

「勉強はいつでも、どこでもできる。学ぼうと思えば、どういう形でも学ぶことはできる。ただね。君には今、自分の望む形、望む場所で学ぶチャンスがある。君が本当に人のためになるロボットを研究開発したいのであれば、でき得る限りの最高の場所を目指すべきではないかな。君にはその能力がある」

「でもそれは、僕のわがままじゃないですか?」

「いいじゃないか、わがままでも」

益尾は微笑んだ。

「本気で何かをやろうとする時はね。誰でも誰かに迷惑をかけるものだ。それでいいんだよ。君はしっかり学び、支えてくれた人たちの思いも抱えて、為すべきことを為せばいいんだ。それが、迷惑をかけた人たちへの恩に報いることになる。やがて君が大人になり、地位を得た時、次は君が、志を持った若者を支えればいい。そんなふうに、続いていくものなんだよ。今、君は、学んでいる最中の支えられる側だ。遠慮せず支えてもらえばいい。そして、自分の道を進めばいい。何十年経とうと、何かを返せば、支えてくれた人たちの思いは成就《じょうじゅ》する」

「益尾さんにも、そういう時期があったんですか？」

「君のお父さんとお母さんには、いろんな迷惑をかけた」

自嘲する。

「でも、二人とも、どうしようもない僕を放り出すことなく、支えてくれた。おかげで、進むべき道を見つけられた。今こうして、警察官として働いている姿を見せることが、僕にとっての恩返しなんだ」

少し遠くに向けた目を竜星に戻した。

「次は、僕が君を支える番だ」

力強く見つめる。

「まあ、もう少し時間はある。ギリギリまで考えるといい。でも、これだけは約束してくれ。もし、上京を決めた時は、必ず僕に相談すること。いいね？」

じっと目を見る。

「わかりました。その時は相談させてもらいます」

竜星の頰に笑みがこぼれる。

益尾は強くうなずいた。

自宅マンションに着いた。ドアを開けて、声をかける。

「ただいまー」

「おかえり」

節子が出てきた。

「あら、益尾さん。来てたの？」

「はい。変わりないですか？」

「うちは相変わらず。どうぞ、上がって」

「お邪魔します」

益尾は靴を脱いで上がり、向きを返して揃えた。リビングへ入り、テーブルの前に座る。

自室に引っ込んだ竜星が着替えて出てきた。リュックと三線を持っている。

「竜星、紗由美ちゃん、遅くなるって」

「仕事？」

「そうみたい」

「そっか。おばあ、僕も出かけるよ」

「ああ、そっか。今日は真昌のところへ行くと言ってたね」

「何しに行くんだ？」

益尾が訊く。

「おじさんが入院してて、島ニンジンの収穫の手が足りないから、週末手伝おうかと思って」

「そうか。僕も真昌君に会いたいから、一緒に行こう」

益尾は立ち上がった。

「ごはんは？」

「真昌のところで食べるよ」

「そう。なら、ラフテーいっぱい作ってあるから、持っていきなさい」

「ありがとう」

節子はキッチンに引っ込み、用意を始めた。

「タクシーで行こう」

益尾が言う。

「なら、呼ぶよ」

竜星は子機を取ると、ボードに貼られたタクシー会社の電話番号を見て、電話を始めた。

節子が、ラフテーやサーターアンダギー、ポーク玉子のおにぎりを詰めた紙袋を持って来る。

「益尾君も帰るの？」

「ついでなんで、真昌君の顔を見てきます。また今度、ゆっくり寄らせてもらいます」

「そう、残念ね」

「紗由美さんによろしく言っておいてください」

益尾が言うと、節子は微笑み、うなずいた。

「益尾さん、すぐに来るって」

竜星は子機を置いて、益尾と節子の下に戻ってきた。

「はい、これ。三人だと少し足りないかもしれないね」

「真昌のおばあも何か作ってるだろうから、十分だよ」

そう言い、節子から紙袋を受け取る。

「じゃあ、行ってくるね」

「気をつけて」

節子が玄関へ向かう竜星を見送る。

「では、失礼します」

益尾も一礼し、竜星に続いた。

二人して、マンションを出る。玄関を出ると、タクシーが待っていた。

竜星たちはタクシーに乗り込んだ。竜星が行き先を告げる。

車が走り出した。

「益尾さん」

「なんだ？」

「ただ、顔を見に来ただけじゃないでしょう？」

竜星は益尾に疑いの眼を向けた。

「かなわないな、君には」

「何かありましたか？」

「込み入った話だ。真昌君の家に着いてから話す。彼も関係することだからね」

益尾は真顔で言い、前を見た。

竜星はそれ以上訊かず、シートにもたれた。

7

内間は会社のタクシーを借り、回送と表示し、県内を走り回っていた。

「どこに行ったんだよ」

焦りが募る。

奥平や金武からも連絡はない。まだ見つかっていないということだ。

豊崎が行きそうな場所はくまなく回った。しかし、どこにも立ち寄っていない。

豊崎の体の状態では、そう遠くはいけないはず。そう思ったが、タクシーに乗るくらいの金は持っているかもしれないので、念のため、豊崎と久しぶりに会った北谷まで捜してみたが、空振りに終わった。

那覇方面へ戻りつつ、内間は豊崎が行きそうなところを考えた。

国道58号線を南下していると、那覇空港から飛び立つ飛行機が目に入った。

「飛行機か……」

豊崎は島から出たがっていた。が、さすがに飛行機に乗れる金は持ち合わせていないと思われる。

「他に、島を出る方法は……」

つぶやいた時、ふと思いついた。

フェリーだ。船なら、島から出られる。本州に渡らなくても、離島に行くのであれば、料金もタクシーに乗る程度だ。

その金で行けるところは、渡嘉敷島《とかしきじま》、座間味島《ざまみじま》、阿嘉島《あかじま》あたり。

「泊港《とまりこう》だな」

内間は車を飛ばした。

三十分かからず、泊ふ頭旅客ターミナルビル〈とまりん〉に到着した。

ここは、本島から慶良間《けらま》諸島などの離島に渡るための海の玄関口だ。

地下一階から十五階まであり、六階から上は宿泊施設になっている。空港からも近く那覇港を一望できるロケーションは、離島へ渡らない宿泊客にも人気がある。

内間は埠頭《ふとう》に車を回して停め、一階フロアに駆け込んだ。

本日の出港便は終わり、チケットカウンターあたりは閑散としていた。

とりあえず、フロアを駆けずり回って、トイレも覗いてみるが、豊崎の姿はない。

もし、今日の出港便に間に合っていれば、今頃、いずれかの離島にいるだろう。

間に合わず、しかも、船で島を出るつもりがあるなら、近くに潜伏しているはず。

この近くだと……。

内間の脳裏に浮かんだのは、泊埠頭入口の交差点から五百メートルほど西へ進んだところにある〈若狭《わかさ》公園〉だった。

市営住宅に隣接する、沖縄にしては狭めの公園だが、人は少なく、港にも近い。身を隠すには絶好の場所だ。

内間は泊埠頭から若狭公園へ移動した。

公園脇の道路に駐車し、園内へ入る。陽が落ちてきたせいか、人影はなかった。

気配を探りながら、遊歩道を歩く。木々が茂っているせいか、まだ陽は沈み切っていないにもかかわらず、園内は暗かった。

時折、歩道を外れて、木々の裏を確かめる。

「やっぱ、いねえかなあ……」

歩き回って疲れ、ブランコのガードに腰かけた。暗くなるグラウンドを眺め、大きくため息をつく。

と、歩道の左右から男たちが現われた。近所の若い連中かと思い、最初は気にもかけなかった。

が、グラウンドにも男が二人姿を現わした。

複数の男は、内間に近づいてきていた。

内間の目が鋭くなる。顔を少しうつむけ、気配に神経を尖らせた。

ひりついた空気が肌に刺さる。

やべえな……。

内間はさりげなく立ち上がり、男たちの囲いを抜けるように歩きだした。

すると、男たちは走ってきて、一気に内間を取り囲んだ。

「内間だな？」

目の前に立ったかりゆしウェアの大柄の男が言った。

「誰だ、おまえ？」

下から睨み上げる。

男は答えず、言った。

「豊崎を匿ったが逃げられ、捜しているんだってな」

「誰から聞いた？」

「おまえのダチの奥平というヤツだ」

奥平の名を出され、内間の黒目が揺れた。

「そんなヤツ、知らねえな」

「とぼけるな。おまえらが渡久地巌とつるんでいた仲間だということは知っている。豊崎に何を聞いたか、教えてほしいんだよ」

「知らねえな」

「素直に話してくれねえかな。でないと、こんなふうにしなきゃいけねえ」

男はスマートフォンを出した。なにやら操作し、画面を内間に向ける。

内間は目を見開いた。

「てめえら……」

画面に表示されていたのは、顔面が腫れ上がった血だらけの奥平の無惨な姿だった。

第五章

1

令子は、ハイアットリージェンシー那覇の会議室に設けられたセミナー室で、人材派遣に関する講義を行なった。

沖縄へ来た目的の一つでもある。

「ありがとうございました」

会議室のドアの外に居並ぶスーツの男たちが一様に頭を下げる。

令子は微笑んで会釈し、エレベーターホールへ足を向けた。

外で待っていた那波が駆け寄ってきた。

「お疲れさんです」

ホールに着くと、上向きのボタンを押した。すぐに正面のエレベーターの明かりが点き、ドアが開いた。

那波が先に乗り込み、ドアを押さえる。令子はゆっくりと乗り込んだ。

ドアが閉まり、エレベーターが上がっていく。令子は上げていた口角を下ろし、大きく息をついた。

「仕事ができない人たちに物を教えるって、本当に疲れるわね」

「まあまあ、そう言わずに。オパールの沖谷令子といえば、日本の人材派遣を牽引《けんいん》してきたカリスマなんですから」

「あなたの太鼓持ちにもうんざり」

口をへの字に曲げた。

十七階で停まる。二人はエレベーターを降りた。

「あら、あなた十六階のスイートでしょ？」

「ちょっと、お話が」

「そう」

令子はさらりと流し、自分が宿泊している最上階のエグゼクティブスイートのドアを開けた。

「どうぞ」

令子が先に入り、那波を招き入れる。那波は令子に続いた。

令子はリビングのソファーに腰を下ろした。

「コーヒーでも入れましょうか?」

「水割りにして」

「承知しました」

那波はカウンターに用意していた令子お気に入りのウイスキーを開け、氷を入れ、濃いめの水割りを作った。

自分用にロックを用意して、歩み寄る。

ヒールを脱いだ令子は、長ソファーに足を投げ出し、クッションにもたれていた。

「どうぞ」

グラスを差し出す。

「ありがとう」

令子は受け取り、一口含んだ。鼻に抜ける薫りを味わい、こくりと飲み込む。

那波も一口飲みながら、対面に椅子を持ってきて座った。

「話って、何?」

令子は那波を横目で見やった。

「綱村は、こちらの思惑に気づいていたようで、南部反対派は襲撃しないと明言したそうです」

「あらあら、困ったわね。生長じゃあ、力不足というわけね」

「浦崎と安里にはカタを付けると言っているそうなんですが、綱村は動く気配を見せません。生長さんの話では、おそらく、浦崎と安里が回復するのを待っているのだろうという話です」

「なぜ？」

「寝込みを襲うような卑怯な真似はしたくないのだろうと」

那波が生長から聞いたことを言う。

令子は鼻で笑った。

「そんなことだから、いつまでも下っ端でしかいられないのよ。勝てる時に確実に勝利をものにするのが戦うということ。そんな当たり前のこともわからずに、よくヤクザなんてやってたものよね。まあ、そんなだから、今でも下っ端なんでしょうけど。ホント、つまらない人間」

にべもない。

那波は感情を一ミリも感じないその言葉に、内心、閉口した。

「でも、反対派のリーダーの浦崎はやると言っているんでしょう？　いいじゃない」

「ところがですね。浦崎に事件現場での状況を語られると困るわけですよ。彼が仲屋を殺したわけじゃありませんから。できれば、浦崎が手を下したという形のまま、亡き者になってくれれば御《おん》の字《じ》なんですけどね。それもあって、生長さんは綱村を焚《た》きつけたんですけど、どうにもこうにも……」

那波は渋い表情で頭を掻いた。

「話というのは、その程度のこと？」

「その程度って……」

「簡単な話じゃない」

「綱村を動かす妙案があるんですか？」

「論点を整理すればわかることよ」

令子は水割りを半分ほど飲み、体を起こした。ソファーから足を下ろし、那波と向き合う。

「まず、浦崎にはしゃべられると困るから消えてほしいということよね」

「そうですね」

「だけど、綱村は動かないし、反対派の駆除にも協力しないということよね」

「そうです」

「だったら、二人とも殺してしまえばいいことよ」

令子はさらっと言った。

那波は目を丸くした。

「誰がやるんですか！」

「綱村を人選したのは生長。搔き回そうとして失敗したのも、生長の部下。誰が責任を取らなきゃならないと思う？」

「ああ、そういうことですか」

那波がにやりとする。

「あの手の駒《こま》は、いくらでも替えが利くから、使えるだけ使い倒しましょう」

「承知しました。手配します」

那波は首肯し、ロックを飲み干して、部屋を出た。

「ホント、疲れるわ……」

令子は眼下に広がる那覇の繁華街を見つめ、グラスを傾けた。

2

沢田は、ウインドサンの事務所で電話を受けていた。

「はい……はい。なんとかします」

沢田は電話を切った。

スマートフォンを握り締め、震える。

「くそったれが！」

スマホを壁に投げつけた。画面が割れ、かけらが飛び散る。

沢田は仁王立ちし、壊れたスマホを睨みつけた。

電話は生長からだった。

数日中に、浦崎と綱村を殺せという命令だった。

理由は語らない。とにかく、二人を処分しろとの一点張り。しかし、そんな無謀な真似を命じたわけは容易に察することができる。

おそらく、南部開発に絡んで、沖谷令子か千賀から、そうしろと言われたのだろう。

いい顔をしたい生長は、たいして考えることなく引き受けたに違いない。

いつも、そうだ。

生長の浅慮《せんりょ》で請けたゴミのような仕事の尻拭《しりぬぐ》いをさせられる。

盃をかわした親子である以上、親に従うのが当たり前の世界とはいえ、あまりの理不尽に怒りを通り越して、絶望しか感じない。

沢田は、綱村を引っ張り出そうと思い、桑原に命じて、綱村が見知っている旧座間味組の残党を何人かかき集めて、安里真栄の家と息子の真昌を襲えと指示していた。

安里を潰すのが目的ではない。

そこで、軽く襲撃した後、残党の一人を殺し、綱村に伝える。

沢田は、綱村が動かなかった一つの理由に、仲屋のことを直接知らなかったことがあったと分析していた。

元座間味組の残党で綱村が面識のある者、できれば、綱村より年上の者が殺されれば、綱村は画策だとわかっていても動かざるを得なくなる。

そう踏んで、仕掛けることにした。

この策略は、生長には伝えていなかったものの、必ず綱村を動かすから時間をくれと頼んでいた。

だが、生長は身内の頼みなど無視して、千賀たちの言いなりになり、無理難題を押しつけてきた。当然仕掛けも中止だ。

沢田は椅子を蹴り飛ばした。

転がり跳ねた椅子が、机に置いていたデスクトップのパソコンをなぎ倒した。一体型のパソコンが落ちて、砕ける。

それでも沢田は怒り冷めやらぬ様子で、両肩を上下させて息をする。

机に散らばった残骸《ざんがい》を左腕で力任せに払い、天板に両手をついて、宙を睨んだ。

「やってられねえな……」

これまで、沢田は組のためを思って、極道の顔を隠し、企業人として生きてきた。

クソのような経営者に生意気なことを言われても、ヤクザに見られないよう、牙を隠して笑顔でやり過ごしてきた。

しかし、その結果がこれだ。

いいように使われるだけの駒に成り下がり、たいして組に貢献していない古参《こさん》からは偉そうなことを言われ、チンピラに毛の生えた程度の若い連中にも舐められている。

「わかった……わかったよ」

沢田はつぶやき、上体を起こした。

右手のひらで、横髪を撫で上げる。

「全員、潰してやる」

沢田は目を剝いた。

3

「本気ですか、兄貴！」

桑原は顔を強ばらせ、耳に当てたスマートフォンを握り締めた。

——ああ。そっちにいる仲間を全員かき集めて、今言った連中を皆殺しにしちまえ。

沢田が言う。受話器から流れる声には、息が止まりそうなほどの圧が漂っていた。

——手段は問わねえ。邪魔するヤツは、サツでもぶち殺せ。

「そんなことすりゃあ、組ごといかれますよ」

――かまわねえ。組もクソもどうでもいい。とにかく、全部ぶち壊さねえことには、気が済まねえんだ。殺れ。

「殺れって……」

――逃げやがったら、てめえも刻むぞ。

狂気がこもる。

桑原は蒼ざめた。スマホを持つ手が震える。

ダメだ、完全にぶち切れてる……。

しばらく、沢田の本性を見ていなかったからか、この頃はすっかり落ち着いたものと思っていた。

いや、そうあってほしいと願っていた。

沢田は今でこそ、企業人の顔をしているが、元々は、知っている者なら名前を聞いただけで震え上がるほどの武闘派ヤクザだった。

そのやり口は容赦がない。素手でも武器でも、殺す時は、相手の顔形がわからなくなるまで攻撃を加える。

バット数本で殴り殺され、骨という骨が砕けて肉の塊になった敵の姿も見たことがある。

それも沢田が一人でやったことだ。

飛び散る血を浴び、肉片を殴りながら笑う沢田の姿は、トラウマレベルで今も桑原の中に恐怖の象徴として刻まれている。

――二日で準備を整えて、連絡を待て。

沢田は命じると、電話を一方的に切った。

桑原は話中音《わちゅうおん》が鳴るスマホを握ったまま、呆然とした。

命じられた。この命令から逃れる術《すべ》はない。

せっかく築き上げた沖縄での収入源はすべて失うことになる。

それでも、命を失うことに比べればマシだ。

「使われるだけ、か……」

綱村の言葉が響く。

生長に使われ、沢田に使われ、刑務所に入って、ぼろぼろになって、誰にも看取られることなく犬死《いぬじ》に――。

自分の未来に思いを馳せても、光は見えない。

いっそのこと、警察に駆け込んで、すべてを話してしまおうかとも考える。

が、すぐ、顔を横に振った。

裏切れば、それこそ、沢田は地の果てまで追ってきて、自分を殺すだろう。怒り狂った沢田に勝てる気はしない。

桑原はうなだれて、この世の終わりかのような深くて長いため息を吐いた。

そして、やおら顔を起こし、スマホに番号を表示してタップした。

「もしもし、桑原だ。幹部を集めてくれ」

桑原の顔に余裕はなかった。

4

楢山は名護《なご》市に来ていた。県北のこの地域は、南部と違い、街は九州本島の鹿児島や宮崎の住宅街のような風情を漂わせる。

市街地の外れを車で進む。ブッシュに囲まれた曲がりくねった細い坂道を上がっていくと、白瓦《しろがわら》の大きな平屋が見えてきた。

門柱はあるが、門扉はない。見張りがいるわけでもなく、楢山はそのまま車で中へ入っていった。

広場に車を停めて、歩いて玄関まで向かう。

玄関前に立ち、インターホンを鳴らした。

――はい。

壮年女性の声が聞こえてきた。

「突然すみません。自分、元沖縄県警の椚山と申しますが、古謝さんは御在宅でしょうか？」

正直に身元を明かす。

やや、インターホン先の女性が押し黙った。

——少々、お待ちください。

椚山は周囲を眺めながら、返事を待った。

古い平屋建てだった。畑だったであろう敷地も雑草に覆われている。ただ、家の周辺は雑草も刈られ、よく掃除されていた。

数分待っていると、玄関の引き戸が開いた。

小柄でほっそりとした壮年女性が顔を出した。

「ご無沙汰しています」

椚山は頭を下げた。

古謝の妻、美智《みち》だ。

座間味組が全盛の時代はきらびやかに着飾っていたが、今は姐さんの面影もなく、そこいらのおばさんにしか見えない。

美智には、県警時代、古謝の自宅を訪れた時、二度ほど会ったことがある。

当時は、周りのヤクザに負けないくらい、見る者を射貫《いぬ》くような鋭い目つきをしていたが、今、楢山を見て微笑む美智の目は、当時に比べ、格段に柔らかくなっていた。

「お元気でしたか？」

「はい、おかげさんで。奥さんもお変わりないようで」

「結構、足腰に来てますよ。どうぞ」

美智が中へ促す。

楢山は上がりかまちに腰かけ、靴を脱いで、杖の先を拭った。廊下に上がり、美智の後に続く。

空いている部屋を通り抜け、最奥の広間の襖《ふすま》を開けた。

「おお、楢山。久しぶりだな」

古謝は満面の笑みを見せた。

古謝もまた、現役時代からは考えられないほど柔らかな目つきになっている。

「突然、すみません」

「いいさいいさ。座れ」

テーブルの向かいを指す。

「美智。泡盛持って来い」

「あ、俺は車なんで」

「いいじゃねえか、一杯くらい」

「古謝さん、こう見えても、俺は元警官ですよ」

楢山は苦笑した。

「クソみてえな図体してて、相変わらず堅《かて》えな」

古謝は笑った。

「じゃあ、さんぴん茶、持ってきましょうね」

美智は言い、いったん下がった。

「いつ、戻ってきたんですか？」

楢山が訊く。

「いつって、俺が島から出ていたことは当然知ってたわけだな」

「ええ、まあ……」

「まあ、仕方ねえな。二週間前くらいさ」

「どちらに？」

「極道時代、内地に世話になった兄弟たちもいたんでな。挨拶がてら、内地の観光地を回ってきた。あいつと一緒にな」

襖の方を見やる。

「ヤクザやってる時は、旅行に行ってものんびりってわけにはいかなかったからな。女房孝行みたいなもんだ」

古謝が口角を上げた。

素直な笑顔だった。思わず、楢山の頬にも笑みがこぼれる。

美智がさんぴん茶とサーターアンダギーを持って戻ってきた。

「こんなものしかないけど、食べていってね」

「うちのやつのサーターアンダギーは、世界一うめえぞ」

「褒めたって、泡盛は出ないよ」

美智がぴしゃりと言う。笑いが起こった。

「ゆっくりしていってね」

美智は言い、下がった。襖を閉じる。

「いただきます」

楢山はサーターアンダギーを口に放り込んだ。黒糖の甘さがカステラからじわりと滲む。咀嚼して、さんぴん茶で飲み込んだ。

「うまいです」

「だろ。ガキの頃から作ってるからな、あいつは。これで店やれるんじゃねえかと思うさ」

「出せばいいじゃないですか。もう、カタギなんだから」

「もっと若え頃なら、そうしたかな」

古謝が遠い目をする。

「あいつとのんびり内地を回って、温泉なんかに行くとな。孫を連れた三世代の家族連れとかいるんだよ。あー、俺はもちろん、背負うもの背負ってるんで、大浴場には入れねえから内風呂だがな。そういうのを見てると、俺とあいつにも別の人生があったんじゃねえかなと思ったりもしたよ。特に、あいつには子供を持たせてやりたかった。あいつは何も言わねえけどな」

とつとつと語る。

とても、松山を仕切っていた組の長とは思えない穏やかさだ。

引退したヤクザは数知れず見てきたが、ここまで百八十度人が変わった者は初めて見た気がする。

古謝は自嘲し、目を楢山に戻した。

「で、今日は何しに来た？　俺の様子見じゃねえだろ？」

少し、往年の鋭い目つきを覗かせる。

「綱村啓道が島に戻ってきました」

「おお、啓道のやつ、出てきたのか」

古謝は笑みを見せた。

「綱村は出所後、東京へ行き、昨日戻ってきたんです」

「東京？　何しに行ったんだ？」

「心当たり、ありませんか？」

檜山は古謝を直視した。

「東京なあ……。まあ、うちと関係のあった組はいくつかあるが、別荘出たらまず、こっちに戻ってくるだろう。俺も待ってたんだよ。あいつがいねえうちに解散しちまったんでな。きちんと説明してやらなきゃと思ってよ」

「そういやあ、訊いてなかったですね。本当のところ、なぜ、解散したんですか？」

「疲れちまったのよ」

古謝が苦笑した。

「組が縮小した途端、有象無象《うぞうむぞう》がちょっかいかけてきて、シマを奪おうとするわ、うちのは啓道を始め、考えなしに突っ走る連中ばかりだわ、しまいにゃ、素人にカチコミ食らって、幹部の首取られるわ。あ、てめえらのことは恨んじゃいねえから、心配するな」

古謝が言う。

「俺は組の全盛期を知ってる。それが、素人にやられるまで弱体化しちまった。潮時だと感じてな。これ以上、恥晒す前に、組が一番いい時を知ってる俺の手で、幕を引いてやろうと思ってよ」

檜山は古謝を見つめた。何かを思い返すように静かに語る古謝の言葉に嘘はないと感じる。

　ただ、訊くことは訊かないと帰れない。

「古謝さん。失礼を承知で伺いますが、内地へ行っている時、綱村に会っていませんか？」

「会ってねえよ」

「綱村に何か頼んだということは？」

「ねえよ、そんなもん」

　古謝の顔から笑みが消える。一瞬、眉間に皺を立てた。が、顔をうつむけ、少ししてあげると、眉間の皺は消え、笑みが戻った。

「まあ、おまえらが疑うのも仕方ねえが、本当に会ってもいねえし、ヤツが東京にいたことも知らねえ。いや、出てきたことも知らなかった。本当だ」

　静かに見返してくる。その目に気負いはない。

「ぶしつけなことを訊いて、すみませんでした」

　楢山は頭を下げた。

　古謝の言葉に嘘はないと確信する。

「いいってことよ。メシでも食っていけ」

「いえ、ちょっと急ぎの用があるもんで」

　楢山は片足で立ち上がった。杖をつく。

「啓道に会うのか？」

古謝が言った。楢山はうなずいた。

「ちょっと待て」

古謝は言い、座ったまま振り向いた。後ろの小箱から手のひらに収まるくらいの大きさの石のプレートを出す。

「石敢當《いしがんとう》ですか？」

「ああ。啓道にこいつを渡してくれ。そして、こう伝えろ。組の再建や仕返しを考えているなら、やめろ。俺が許さねえと。務め上げたんだから、カタギになれとな。で、カタギになっていくところがなけりゃ、うちに来いと言っといてくれ」

プレートを差し出す。

「わかりました。伝えます」

「そのプレート、ヤツの門出《かどで》に渡しといてくれ」

「はい」

「楢山、今度はゆっくり来い。おじいとおばあだけじゃ、メシ食ってもうまくねえからさ」

「ぜひ」

楢山は一礼し、部屋を出た。

5

竜星と益尾は、喜屋武にある安里家で食事を摂った。

食後のテーブルには、ミミガーやラフテーが残っていて、泡盛やオリオンビールの缶もある。

「じゃあ、あとは頼んだよ、真昌」

「ああ、おやすみ、おばあ」

真昌が声をかける。

真昌の祖母は、益尾たちに挨拶をして、家を出た。

「益尾さん、飲んでくださいよ」

「いや、明日、島ニンジンの収穫手伝いたいんでな」

「なんくるないでしょう。どうぞどうぞ」

「そうか。じゃあ、ビールもらうよ」

益尾は手を伸ばし、オリオンビールの缶を取った。一口飲んで、ミミガーを口に入れる。

「竜星、三線弾いてくれよ」

「もう、いい時間だぞ」

「大丈夫。うちの周り、あんま家ないし、おばあも離れだからさ。俺も、パーランクー打つからさ」

真昌は隣の部屋から片面太鼓を持ってきた。この独特の片面しか革を張っていない太鼓のことを〝パーランクー〟という。

「しょうがないなあ」

竜星は苦笑しながらも、三線を出した。カラクイを握って、調弦をする。

「唐船ドーイやろう！」

真昌は太鼓を叩き始めた。

竜星が爪を指にはめ、リズムに合わせて三線を弾き始める。

竜星は弾きながら歌を歌う。真昌は掛け声を入れながら、時折指笛を鳴らし、脚を広げて、踊る。

躍動感があって、なんとも楽しい。

「ほら、益尾さんも座ってないで、踊るさ」

真昌が言う。

「よしっ！」

益尾も立ち上がって、見よう見まねで踊る。

高揚した三人に、笑みがあふれる。

しばらく踊って、益尾が座り込んだ。

「あー、もうギブアップ！」

ワイシャツのボタンを外して、オリオンビールを喉に流し込む。熱くなった体に、ビールが染みる。

竜星と真昌も演奏をやめて、さんぴん茶を飲んだ。

「いやあ、やっぱりカチャーシーはいいね」

益尾が言う。

「ホント、オレはエイサーやるたびに、島に生まれてよかったと思うさ。竜星もそうだろ？」

真昌が竜星を見やる。

「そうだな。カチャーシーは好きだ」

竜星は笑みを覗かせた。

一息つくと、先ほどまでの喧騒《けんそう》が嘘のように静かになった。

益尾はビールを飲み干して、大きく息をついた。

「もう一本、飲みます？」

真昌がビール缶を取った。

「いや。その前に、二人に話がある」

益尾が真顔になる。

二人は益尾の向かいに並んで座った。

益尾は二人の顔を交互に見やり、口を開いた。

「綱村啓道という男が島に戻ってきた。綱村は座間味組の組員で、殺人罪で十九年間服役していた」

益尾の言葉に、竜星と真昌が表情を硬くした。

「綱村は座間味組の中でも、武闘派で知られた男だ。組に楯突《たてつ》いた者は容赦なく叩きのめし、敵対する組織には一人で突っ込んでいくようなヤツなんだ。綱村は出所後、座間味組が解散したことを知った。知れば、組を解散に追い込んだ者に仕返しするだろうと、組対ではみている」

「つまり、僕らが襲われるということですか？」

竜星が訊く。

「竜星君と渡久地巌が筆頭だろう。しかし、巌は刑務所に入っているから手が出せない。一番の標的は、竜星君。君だ」

益尾は竜星を正視した。

「オレはなんで？」

真昌が訊いた。

「次の標的は、楢山さんと金武道場の人たち。真昌君も、竜星君を助けに乗り込んだだろう?」

「乗り込んだけど……」

「座間味組の残党が、あの日、事務所で見たことを綱村に話せば、君も標的となる」

益尾が言う。

真昌の顔が強ばった。

「ただ、警察は綱村の動向を監視している。今のところ、綱村が座間味の残党と接触したという報告はないし、動く気配もない。その真意は定かでないが、いろんな人たちが、綱村の暴走を事前に止めようと奔走している。だから、心配はないが、一応、事が収まるまでは警戒しておいてほしい」

「そういうことか」

竜星が益尾を見やった。

「わざわざ、真昌の家まで来るっていうから、ヘンだなと思ってたんですよ。益尾さん、僕らの警護も兼ねて、一緒に来たんでしょう?」

「まあ、そういうことだ」

益尾は微笑んだ。

「先ほど、楢山さんから、今晩にでも綱村と接触するとの連絡があった」

「楢さん、大丈夫かな……」

竜星が漏らす。

「大丈夫。周りには警察官もいるし、楢山さんは強い」

「そうだよ。楢山さんは簡単にやられねえ。つうか、楢山さんに乗り込まれる、その綱村ってのが気の毒だ」

真昌は気丈に笑った。

「ということだから、僕はその結果を聞くまで、ここにいる。週末でよかった。竜星君も、収穫を手伝いがてら、ここに残ってくれ。バラバラに動かれると、守りにくいからな」

「僕は大丈夫ですよ」

「竜星君。ただのケンカじゃない。殺し合いだから」

益尾は強く竜星を見やった。

さらりと言ったが、益尾の言葉の重みを感じ、竜星も、聞いていた真昌も押し黙った。

「少しでも妙な気配を感じたら、すぐに知らせてほしい。わかったね？」

益尾が言う。

二人は殊勝にうなずいた。

益尾は一息ついて、笑顔を浮かべた。

「ビール、もらうよ」

缶を手に取る。

「どうぞどうぞ。オレも飲もうかな」

「綱村の前に、益尾さんに殺されるぞ」

竜星は言って、笑った。

「そりゃ、カンベン」

真昌は口にラフテーを放り込んだ。

益尾は気丈に振る舞う二人を見て、目を細めた。

6

楢山は、綱村が宿泊している部屋の前に立った。左右の少し離れた場所には、制服を着た警察官がいた。万が一、綱村が襲ってきた時、制止するためだ。

楢山は左右に顔を向け、それぞれにうなずき、ドアを睨んだ。

ノックをする。

「誰だ」

中から、野太い声が聞こえてきた。

「元県警の楢山だ。古謝元組長からの伝言を伝えにきた」

「こら。騙し、くれてんじゃねえぞ」

「石敢當のプレートを預かってきた」

楢山が言う。

やや間があって、ドアガードをかけたまま少しだけ開いた。

楢山は隙間にプレートを差し入れた。綱村が取る。

また、沈黙が続く。そして、ドアがいったん閉まり、ガードが外れて、大きく開いた。

綱村が顔を出した。

「入れ」

楢山を見据え、言う。

綱村が廊下にいる警察官を睨んだ。警察官たちがにじり寄る。

楢山は言い、警官たちに手のひらを向け、制止した。

「話に来ただけだ」

綱村を押し込むように、中へ入る。

綱村は鍵を閉めた。

楢山は奥へ進んで、椅子に座った。テーブルに杖を立てかける。

綱村はベッドの縁に腰かけた。ぎしりとスプリングが軋んだ。

「狭い部屋だな。こんなとこにこもってちゃ、息詰まんだろ」

檜山が気さくに話しかける。

「ほっとけ。それより、サツがなんで、親父のプレート持ってんだよ」

「古謝さんに会って来た」

檜山は綱村をまっすぐ見た。

「東北まで行ってきたのか？」

「東北？　何言ってんだ、おまえ。古謝さんは名護にいるよ。姐さんと一緒にな」

「なんだと？」

綱村の顔に動揺が滲む。

「ガセネタを吹き込まれたんだな。誰だ？　おまえに嘘を教えたのは」

檜山が問う。が、綱村は答えない。

「まあいい。古謝さんからの伝言を伝えておくぞ。務め終えたんだから、カタギになれ。組の再興や仕返しは許さねえ。カタギになって行くところがなければ、うちに来い」

「親父がそんなことを――」

「そいつが証拠だ」

檜山は顎で、プレートを指した。

綱村はプレートに目を落とし、握り締める。

「本物だろ、そいつ。俺にはわからねえが、古謝さんは大事にしまっていたのをわざわざ出して、俺に預けてくれた。プレートはおまえにやると言ってたぞ。門出にな」

「なんの門出だよ……」

「ヤクザじゃねえ道に踏み出す門出だ。綱村、もう座間味はねえんだ。古謝さんも姐さんと余生《よせい》を楽しんでる。おまえも切り替えたらどうだ」

「てめえらが潰したんだろうが！」

綱村は立ち上がり、楢山を睨み下ろした。

楢山は涼しい顔で見上げた。

「疲れたと言ってたよ、古謝さん。その上で、組が一番いい時を知ってる自分が幕を引くべきだと思い、解散した。おまえ、古謝さんの気持ちがわからねえか？　おまえらがどれだけ組を大事にしてたかは知らんが、最も組を愛していたのは古謝さんだ。その大事なものを手放す決断をした。どれだけ身を切る思いだったか、わからねえのか？」

目を逸らさず、言う。

綱村は奥歯を嚙みしめたが、何も言い返せない。

「おまえのことは調べさせてもらった。今どきめずらしく、筋の通った極道だって評判だったが。古謝さんの断腸《だんちょう》の思いもわからねえ程度なら、買い被《かぶ》りだな」

「うるせえな！」

「怒鳴るだけか？　そんなもん、そこいらのチンピラが毎日やってることだ。そうじゃねえだろうよ、綱村」

　正視する。

　綱村ははがゆそうに目を逸らした。

「おまえはムショを出て、まだ何もしてねえ。今なら、このまま古謝さんの望む通り、カタギになれる。おまえを嵌めようとした連中は、こっちで処理してやる。東京で誰と会って、何の話をしてきたんだ？」

　檜山が訊く。

　綱村は口を開かない。

「教えろ」

　強く問うが、綱村は顔をそむけたままだった。

　檜山はテーブルに手をついて、立ち上がった。杖を握る。

　綱村が身構えた。

　檜山はふっと笑った。

「殺《や》り合うつもりはねえよ」

　そう言い、ベッドサイドのテーブルに置いてあるメモに携帯番号を書いた。破って、綱村に差し出す。

「しゃべる気になったら、連絡をくれ。じゃあな」

楢山は右手を上げて、杖を突きながら部屋を出た。

綱村はプレートを握り締め、楢山の背中を見送った。

7

桑原は、アイランドウェーブの系列店舗で店長やチーフを務めていた男たちを集め、閉店中のゴールドラッシュで会合を開いていた。

集まった男たちはみな、波島組の構成員や準構成員で、沢田と桑原がスカウトした者たちだった。

見も知らぬ土地でしのぎを削り、沖縄一の繁華街、松山で一つの地位を築いた猛者《もさ》たちだったが、沢田からの命令には、さすがに一様に渋い表情を覗かせた。

「桑原さん、本当にやるんですか？」

角田《つのだ》という男が訊いた。

角田は桑原の次に、アイランドウェーブで力を持っている男だ。

「沢田さんの命令だ。拒否する選択肢はない」

「でも、浦崎たちの病院はサツが警護してます。金武の道場も並大抵じゃ落とせません。楢山というのも片足ですが半端なく強いし、元刑事です。綱村というのは化け物だと聞いてます。どこを襲っても、こっちにいいことはありませんよ」

「そんなことはわかってる！」

　桑原の声がつい大きくなった。端にいた男が肩をびくりと弾ませる。

「わかってるがな。断わりゃ、こっちが殺られる。沢田さんはぶち切れてた。波島の本体連れてきて、浦崎たちを殺した後、俺らも狙われる。的にかけられりゃ、全滅だ」

　桑原の言葉に、一同がうつむく。

「とりあえず、明日の夜までに各人、二人ずつ使えそうなヤツを集めろ。全部で四十人。一つの襲撃場所に十人で突っ込みゃ、負けることはねえだろ。角田、おまえは道具を集めてこい。チャカでもドスでもなんでもいい。とにかく集められるだけ集めろ。わかったら、行け。逃げんじゃねえぞ。逃げても無事にいられるところはねえと思え。行け！」

　桑原が両手をパチンと打った。

　男たちが、不満そうな顔でぞろぞろと出て行く。

　角田が最後に残った。

「あいつら、帰ってきますかね？」

　ドア口を見やる。

「半分は逃げるだろうな。まあ、半分戻ってくりゃあ、上等だ。できるだけ、強力な道具を集めろ」

桑原が言う。

角田は首肯し、駆け出そうとしたが、足を止めて振り向いた。

「そうだ、桑原さん。捕まえた奥平と内間っての、どうします？」

「あいつら、金武とつながってんだろ。まだ、使えるかもしれねえから、生かしとけ」

「わかりました」

角田が店を出て行った。

独りになる。

桑原は襲撃方法を考えつつ、一方で、この最悪の事態を回避する方法はないか思案した。

8

次の日の夜、沖縄から急きょ戻ってきた令子と那波は、羽田空港からタクシーに乗り、四谷に向かっていた。

「緊急事態って、なんですかね？」

那波が訊く。

「さあ。でも、千賀先生も来るみたいだから、顔を出さないわけにはいかないわね」

令子はため息をついた。

生長からの呼び出しだった。

不測の事態が起きたので会合をしたいと、連絡が来た。

令子は、沖縄でのセミナーがまだ残っているからと一度は断わったが、どうしてもということだったので、仕方なく、予定していた今日のセミナーは中止にし、東京へ戻ってきた。

指定されたのは、四谷の外れにある料亭だった。まったく使ったことのない店だ。

タクシーは内堀通りを左に折れ、新宿通りを西へ進んだ。四谷見附の交差点を右折し、外堀通りを北進して数分で、タクシーを停めた。

那波が料金を支払い、二人はタクシーを降りた。

ビルやマンションが並ぶ路地を進むと、時の流れに取り残されたような平屋建ての日本家屋がぽつんと現われた。

那波はスマホを出し、住所が書かれたメールを見た。地図アプリで照合する。

「ここみたいですね」

門柱に表札や看板はなかった。

「本当にここ？」

令子が門扉を見つめる。

雨に打たれた木扉は染みだらけで、煤《すす》けている。古くなったというよりは、放置されていた扉に映る。

「住所は間違いないです。この頃は古民家を改装した隠れ家的な店も多いですから、わざと廃屋《はいおく》っぽいままにしてるんじゃないですかね」

「センスないわね。古くて良いものとただ古いものは違うんだけど。まあでも、生長が選びそうな場所ね」

令子は鼻で笑った。

門扉右手の勝手口が開いた。着物を着た女性が出てくる。

「ご予約のお客様ですか？」

「あ、はい。生長で予約が入っていると思うのですが」

那波が言う。

「承っております。どうぞ、お入りください」

女性は二人を勝手口から招き入れた。

玄関までのアプローチに明かりはない。玄関の引き戸から漏れる明かりが、石畳を照らしている。

庭の木々も伸び放題で、剪定《せんてい》されている様子はなかった。

料亭というより、民家のようだ。

「本当に料亭？」

令子が周りを見ながらつぶやく。

「借り上げた民家をそのままお店にしています。できるだけ、枯淡《こたん》の雰囲気を残そうというオーナーの意向で、手入れは最低限に抑えています」

「お店なら、もう少し整えた方がいいんじゃない？」

「上の者に、ご意見伝えておきます」

女性はにこやかに言い、引き戸を開けた。

中へ促す。

広い玄関だった。しかし、飾りはなく殺風景で、古い家具や台が置かれているだけ。照明も昔のままなのか、薄暗い。

二人が廊下に上がると、女性は二人を奥へと導いた。最奥の部屋の前で立ち止まり、襖の前に両膝を突く。

「お客様がお着きになりました」

襖を開ける。

生長と千賀がいた。猫脚の座卓を挟んで、向かい合っている。熱燗《あつかん》の徳利と刺身の舟盛りが置かれている。

「おう、遅かったな」

生長が令子を見やった。

「沖縄から来たんだもの。これでも急いだほうよ。先生、お疲れ様です」

令子は千賀に微笑みかけ、会釈をした。

座卓を回り込んだ令子が、千賀の隣に座る。那波は生長の隣に正座した。

女性が那波と令子の猪口を持って来る。そして、酌をした。

「ただいま、料理をお持ちいたしますので」

女性は一礼して部屋を出て、襖を閉めた。

「とりあえず、お疲れさん」

千賀が猪口を掲げる。三人も目の高さに猪口を持ち上げ、酒を飲み干した。

那波が徳利を持ち、千賀から注いで回る。最後に自分の猪口に酒を入れ、再び、正座をした。

「あまり、時間がないんだ。さっそくだが、生長君。話とはなんだね？」

千賀が訊いた。令子と那波も生長に目を向ける。

しかし、生長はきょとんとしていた。

「早く話したまえ。緊急事態とはなんだね」

千賀が苛立った様子で酒を飲んだ。

「いや……俺は、千賀先生から大事な話があると聞いて、ここへ来たんですが」

「何言ってるのよ。あなたがこんなところへ私たちを呼んだんでしょう？」

「そうですよ。生長さんの代理の方から、内密でと連絡いただいたんですよ、昨日」

「代理？　いや、待て待て待て。何の話をしてんだ、おまえら？」

令子と那波を交互に見る。

「なんなんだね、これは！」

千賀は猪口を天板に叩きつけた。

「私は帰るよ」

千賀が立ち上がろうとする。

その時、襖が開いた。

「沢田じゃねえか」

生長が肩越しに、入ってきた男を見上げる。

「千賀先生、お座りいただけますか？」

沢田は千賀を見据えた。

千賀は沢田を睨んだが、気圧され、浮かした腰を下ろした。

「沢田さん？　ああ、あなたですよね。昨日、僕に連絡くれたのは」

那波が言う。

「はい、確かに」

「てめえ、何、勝手な真似してんだ」

生長が下から睨む。が、沢田は涼しい顔で受け流した。

座卓の右側面に行き、正座する。

「みなさんには、わざわざご足労いただき、申し訳ないと思っています。ただ、どうしてもみなさんの顔を見ながら確かめたいことがありまして」

沢田は一同に目を向けた。

「先日、生長から、浦崎と綱村を殺せとの命令を受けたのですが。これは、誰の提案ですかね？」

千賀を見やる。

「わ、私は知らん！」

激しく顔を横に振った。

「誰だね、そんな提案をしたのは！」

「私です」

令子は言い、酒を飲んだ。空になった猪口を座卓に置く。

「私よ。何か、問題でも？」

沢田を見据える。

「どちらも警察が警護や監視をしている者。殺すのは容易ではないし、ヘタすりゃ、仲間が全部捕まってしまいます」

沢田は、見定めるような目で令子を見た。

「いいじゃない。それよりも、南部開発の障害を取り除くことの方が先決じゃない？」

「俺たちがどうなろうと、知ったこっちゃないということですか？」

空気が張り詰める。

「待て待て、沢田。沖谷は、そういうことを言ってるわけじゃ――」

生長が割って入ろうとしたが、令子が遮《さえぎ》った。

「そうよ。駒は駒。指し手に従うのみ。間違ってる？」

はっきりと言い切る。

生長だけでなく、千賀と那波も蒼ざめた。

沢田は令子を睨んだ。令子も睨み返す。両者、一歩も退かない。

息が苦しくなるほどの緊迫感が室内を覆う。

が、やがて、沢田が笑い始めた。

「いやいや、たいした人だ。そこいらの男より、肝が据わってる」

「そのくらいでないと、経済界は渡れませんからね」

令子も微笑んだ。

緊張が解け、他の三人がホッと息をつく。

「あなたの言う通り、駒は指し手に従うのみだ。参考までに伺いたいんだが。駒が指し手になるには、どうすればいい？」

沢田が訊く。

「指し手を消して、自分が指し手の椅子に座るしかないかしらね」

「指し手同士は、同等に話し合いもできるし、同等の利益を得られるんですよね？」

「もちろん。指し手のランクにもよるけど」

「うちの生長は同等ですか？」

「そうね。ちょっと資金面では物足りないけど、その分、暴力を持っているから」

令子がちらっと生長を見やる。

「親父、そういうことだそうです」

沢田も生長を見た。

「当たり前だ。俺は組長だぞ」

生長は仏頂面《ぶっちょうづら》を見せた。が、その口元には、持ち上げられたせいか、笑みが滲む。

「もう一つ、訊いていいですか？」

「わからないことをその時に訊くのはいいことよ」

令子は微笑んだ。

「死体を見たことはありますか？」

沢田は笑顔で訊く。

「あなたたちとは違って、私はビジネスで生きてるの。さすがにそれはないわ」

「そうですか。では、ご覧にいれましょう」

言うなり、沢田はスーツの上着の裾を撥ね上げ、腰に差したリボルバーを抜いた。

千賀と那波は驚いて、後ろにそっくり返った。令子の笑みも強ばる。

「おいおい、そんな物騒なもの、出すんじゃゃ――」

余裕を見せようとした生長の顔が強ばった。

銃口は生長に向いている。

「おい……てめえ、何を考えてんだ」

「俺はあんたの駒じゃねえ」

沢田は冷たい目で生長を見据えて撃鉄《げきてつ》を起こし、躊躇なく、引き金を引いた。

銃声が轟《とどろ》いた。

生長の眉間に銃弾が食い込んだ。回転する弾丸が頭蓋骨《ずがいこつ》に食い込み、脳みそを掻き回して、後頭部を突き破る。

脳みそ混じりの鮮血が飛び散った。背後の襖が血飛沫《ちしぶき》に染まる。

生長が仰向けに倒れた。

沢田は立ち上がり、那波をまたいで、生長の脇に立った。銃口を下に向け、二発、三発と銃弾を撃ち込む。

生長の体が被弾するたびに跳ねる。

飛散した血滴が、令子の顔や衣服を赤く染める。令子は凄惨な光景に蒼ざめた。硝煙《しょうえん》で室内が白む。火薬の刺激臭が鼻を突く。銃声が耳管《じかん》を揺るがす。

沢田は銃弾を撃ち尽くした。

立ち上る煙の中に、鮮血を浴びた鬼が仁王立ちしていた。

「沖谷さんだったな。これが死体だ」

足の甲で体をすくい上げて転がす。

半回転してうつぶせになった生長の頭部からは、どろりと血混じりの脳みそがこぼれた。

あまりの恐怖に、令子の目には涙が滲んでいた。

千賀は座椅子を抱いて、壁際に下がっている。那波は両眼を見開いて、歯をガチガチと鳴らしていた。

沢田は生長のいた場所にあぐらをかいて座った。

「これで、俺が指し手だ」

一同を睥睨する。

「おまえらも殺しを見たんだ。もう、逃げられねえぞ」

「け……警察に……」

那波が襖に這いよる。

「ここは料亭でも何でもねえ。取り壊しの決まった廃屋だ。さっきの女は、うちの店の従業員。今、表にいるのは、俺の部下だけだ。殺られたいなら、出て行け」

冷たく言い放つ。

那波は耐えられなくなり、横を向いて寝ころび、膝を抱えた。

「どうするんだ！」

千賀は生長の屍に目を向けた。

「ああ、心配しないでください。ここの取り壊しをするのも、うちの関係の産廃業者です。瓦礫《がれき》と共に夢の島ですよ。ただのゴミですから」

屍を冷ややかに見やる。

「さてと。ここからは同等の指し手として、話をさせてもらうぞ」

沢田は徳利を取って、酒を飲んだ。口辺からあふれた酒を手の甲で拭う。

「南部開発を邪魔する連中は、俺がみな処分してやる。浦崎の件を知るヤツらもまとめて消すから、心配するな。その代わり、開発で得た利益の七割を俺に渡せ」

「それは取り過ぎじゃないか！」

千賀が思わず言った。

沢田は静かに千賀を見据えた。

「一番危ねえ橋を渡るのは、俺たちだ。そのくらいもらわねえと、割に合わねえ。この条件を呑めねえなら、話はなしだ。すべて暴露する。終わりだな、千賀先生」

にやりとする。

千賀は動揺を覗かせた。

「七割は取り過ぎよ」

令子が口を開いた。

「おまえの会社も潰れるぞ」

「潰させない」

気丈に沢田を睨む。

「七割も持っていかれたら、私たちが南部開発に手をつける意味がなくなる。四割にしてくれない？」

「ナメてんのか？」

「違う。南部開発の利益は四割。それにプラスして、私と那波の会社の株式をそれぞれ三十パーセント渡す。南部の開発に成功すれば、私たちの会社は大きくなるわよ。その時に売り抜けるもよし、キープして配当を得るもよし。一度きりの大金を得るより、得じゃない？」

令子は言った。

沢田は令子をじっと見つめた。

「この状況でも、自分の利益は考えて意見を述べるか。やっぱ、あんたはたいしたもんだ。見てみろ、この男連中を」

那波と千賀に冷ややかな目を向ける。

「わかった、それで手を打とう」

沢田が言う。

令子は沢田を見ながら小さくうなずいた。

「障害排除は、いつまでにできるの？」

「三、四日でカタをつける」

「スピーディーね」

「考えている間に状況は変わる」

「あなたもビジネスの世界に向いてそうね」

「この仕事がうまくいったら、財界とやらを紹介してくれよ」

「いいわよ」

令子はようやく笑みを滲ませた。

「じゃあ、あとはやっとくから、おまえらは帰っていいぞ」

沢田が言った。

令子が立ち上がる。バッグからハンカチを取り出し、顔の血を拭い、ジャケットを脱いだ。

千賀もなんとか立ち上がった。那波は立とうとするも、生まれたての子羊のようにふるふると震え、今にも倒れそうだった。

襖を開け、三人が廊下に出たところで、沢田は声をかけた。

「わかってると思うが、ここを出て、俺をサツに売ろうなんて思うなよ。少しでもそういう動きを見せたら、皆殺しだ。迷ったら、生長を思い出せ」

沢田は言い放ち、笑い声を立てた。

三人は振り向くことなく、廃屋を後にした。

第六章

1

生長を始末した翌日、沢田は沖縄へ向かった。午後二時すぎに空港へ着き、桑原に連絡を取った。

桑原は突然の沢田の来島にあわてふためいていた。

沢田はいったんアイランドウェーブの事務所に出向き、桑原から状況を聞いた。

桑原は言葉を詰まらせながら、現状を伝えた。再び戻ってきた沢田は、獣の目に還っていた。

その夜、出払っていた部下をゴールドラッシュに集めた。

しかし、部下のうち、半分は戻ってこなかった。なんだかんだと理由を付けて戻るのを渋った者もいれば、音信不通になった者もいる。

沢田はL字ソファーの角に座り、居並ぶ男たちを見やった。

先頭の真ん中には桑原が立っている。

「桑原。しつけができてねえな」

「すみません！」

桑原は肩をすぼめ、小さくなって頭を下げた。

「俺らの業界、ナメられたらしまいだと教えただろうが！」

靴底でテーブルを蹴る。

「まあいい。今、ここにいないヤツを見つけたら、その場でぶち殺せ。わかったな？」

沢田が言う。男たちは押し黙る。

「わかったな！」

「はい！」

全員がびくっとして直立し、返事をした。

「桑原、今、何人集まってんだ？」

「全部で二十人くらいです」

「角田、道具は？」

「銃が五丁、弾は二百発あります。サブが二丁、長刀が十本、ドスが二十本。あと、パイナップルとダイナマイトが少しあります」

角田が答える。

「それだけありゃあ、十分だ。明日の晩、カタつけるぞ」

沢田の言葉に、男たちがざわつく。

「タマの居所、きっちりつかんどけ。一気にやらねえと、次は厳しくなる。明日の夕方、ここへ集まれ。逃げんじゃねえぞ。逃げたら、何十年かけても探し出してぶち殺す」

沢田は言い放った。

「桑原と角田は残れ。他の者は帰っていいぞ」

男たちは深々と礼をし、店を出て行った。

桑原と角田が沢田の前に立つ。

「角田、酒持って来い」

命じる。

角田はカウンターに走り、一番高いコニャックのボトルを持って、戻ってきた。グラスと氷を持ってこようとする。

「これでいい」

沢田はボトルの蓋を開け、そのまま傾けた。まるで麦茶のように流し込む。

大きく一息ついて、口元を拭った。

「座れ」

沢田が正面を指す。

桑原と角田は、ヘルプ用のスツールを寄せ、沢田の向かいに並んで腰かけた。

「いいか、おまえら。今回は、絶対しくじれねえぞ」

「わかってますが……。兄貴、正直、ここまでのリスクを取る必要があるんですか？　親父は気まぐれだから、うまくいってねえとわかりゃあ、ころっと態度変えるんで、それを待ってもいいんじゃねえかと思うんですけど」

桑原が言う。

「俺も、僭越《せんえつ》ながら、桑原さんと同意見です。裏はあるかもしれないですけど、分《ぶ》が悪いとなれば、親父は退きます。その時、動いてしまっていたら、それこそ動き損ですよ」

角田が続けた。

「その親父なんだがな」

沢田はもう一度、コニャックを呷った。瓶を太腿において、二人を見据えた。

「俺が殺した」

沢田の告白に、二人は大きく目を見開いた。

「ホント、ですか……」

桑原が言葉を漏らす。

「こんなこと、冗談で言えるわけねえだろ」

桑原を睨む。

角田は呆然とした。

「やばい……やばいですよ」

うわ言のようにつぶやく。

「だから、しくじれねえんだ。ここで南部開発に絡む仕事をやっちまって、金を得たあとに、親父が殺されたことを伝える。犯人は誰でもかまわねえ。俺たちじゃなきゃな。金と仕事を持って跡目争いをすりゃあ、波島は俺のものだ。そうなりゃ、親父殺しの件はうやむやにできる。その時は、おまえらも金バッジだ。が、しくじりゃ、親殺しで逃げ場はねえな」

沢田が口角を上げる。

「そんな……」

桑原は色を失った。

「だから、しくじらなきゃいいんだよ。気合い入れろ、てめえら。わかったな」

沢田は無理やり言いくるめた。

2

内間は、薄暗い部屋で手足を縛られ、倒れていた。頬は床に触れるとひんやりして心地よく感じるほど腫れている。体のどこが痛いのかわからないほど、暴行を受けていた。

同じ部屋には、奥平が転がっていた。同じように縛られ、暴行を受け、横たわっている。

内間より、奥平の方がダメージが大きいようだ。最初は言葉も交わせていたが、今は声を出すことも少なくなっている。呼吸も時折荒くなるが、全体的には浅い。

「奥平、生きてるか？」

声をかける。

「ああ……」

奥平は声を絞り出した。

生存が確認できるだけでホッとする。しかし、その声は弱々しい。

手足を拘束しているものを嚙み切ろうとしたが、プラスチックカフは硬くて、まったく歯が立たなかった。

ただ、逃げるのは今だ、と内間の勘が叫んでいる。

これまで、体感で一時間おきに、誰かが内間たちの様子を見に来ていた。

だが、ここ六、七時間くらいは誰も部屋に入ってこない。その気配すらない。

内間たちをさらった連中は、豊崎の行方を気にしていた。おそらく、浦崎や安里を襲った者に違いない。

内間たちがまだ豊崎を見つけていないことを知り、仲間の誰かが豊崎を見つけた時の取引材料として使おうとしているのだろうと踏んでいた。

しかし、まったく動きがなくなった。

どこからか、連中の策略が露呈《ろてい》し、警察に身柄を引っ張られたか。

もしくは、何かのトラブルが起こったか。

内間は後者だろうと感じている。

警察が連中を逮捕したなら、誰かの口から内間たちのことが伝わり、助けに来るはずだ。その気配も感じない。

つまり、なんらかのトラブルが勃発《ぼっぱつ》し、計画変更を余儀なくされているということだ。

内間たちが必要なくなったので放っているということであればまだいいが、使途がなくなったので処分するという可能性も否定できない。

処分という決定が下されれば、内間と奥平の命運も尽きる。

内間は奥平ににじり寄った。

背中側に回る。

「何……するんだ？」

「もう一度、プラスチックカフを嚙み切ってみる」

「無理だって……。連中に見つかりゃあ、次は半殺しじゃすまねえぞ……」

「あいつらは来ねえ」

「なぜだ……？」

「理由は知らんが、そんな感じがする。今しかねえ。やるぞ」

内間は言うと、奥平の手首のプラスチックカフに嚙みついた。

3

楢山は金武の道場に来ていた。豊崎の捜索に出ていた者が数人、道場に戻っている。夜通し駆け回った者も多いようで、食事を摂ったり、寝たりしていた。

楢山は事務所の窓から道場を眺めつつ、金武と話していた。

「綱村は大丈夫そうですか」

楢山の話を聞き、金武は多少安堵したような笑みをこぼす。

「油断はできないが、悪い印象はなかった。まっすぐな男だ、たぶん」

「楢さんみたいな感じですか？」

「俺の方がまともに決まってんだろ」

楢山が仏頂面をする。

金武が笑った。

「まあ、すぐには攻めて来ねえ。このまま退いてくれるとありがてえがな」

「本当ですね」

金武はうなずいた。

「豊崎は見つかったか？」

「まだです。ガマ（洞窟）にでも隠れているのかもしれませんね。もしそうなら、捜し出すのは厄介です」

「そうか。内間には悪いが、長引けば、状況は悪くなるだけだ。本格的に捜索を依頼するか」

「その方がいいと思います。ちょっと気になることもありますし」

「なんだ？」

楢山が訊いた。

「うちの何人かが、豊崎を捜している時、妙な連中に見張られていたようです」

「どんなヤツらだ？」

「あきらかにカタギじゃない風情の者だったそうです」

「真栄たちを襲った連中だな」

楢山の言葉に、金武が首肯する。

「それともう一つ。内間と連絡が取れなくなりました」

金武が言う。

楢山の眉間に皺が立った。

「今、豊崎の捜索に出ている者を引き上げさせろ。内間もおそらく、仲間に頼んで捜させているだろう。明日、朝イチで誰か巌の面会に行かせて、仲間の名前を把握させてくれ」

「わかりました」

「俺は本部に行って、捜索の手配をしてくる」

楢山は席を立とうとした。

と、スマートフォンが鳴った。

画面を見る。固定電話からだった。

「もしもし――」

――俺だ。綱村だ。

「おう、綱村か」

楢山はわざと名を言った。金武が楢山を見つめる。

「なんだ」

——少し話がしたい。

「わかった。ちょっと急ぎの用事があるんで、それが終わったら、ホテルに行く。それでいいか？」

——ああ。

綱村は不愛想に返事をして、電話を切った。

スマホを耳から離す。

「綱村はなんと？」

金武が訊いた。

「話がしたいだと。ヤツはもう大丈夫だ。金武、さっき言っていた妙な連中というのに気をつけておいてくれ」

檜山は言い、道場を出た。

4

檜山は県警本部に出向いて、比嘉に状況を伝え、豊崎と内間の捜索を正式に依頼した。

本部を出た足で、綱村が泊まっているホテルへ向かう。

車をホテルの駐車場に停める。と、二人乗りのバイクが、駐車場の前をゆっくりと通り過ぎていった。

　楢山は目の端でバイクを捉えた。

　同じバイクは、金武の道場を出たところからずっと、楢山の車を尾行していた。

　手を出してくれば返り討ちにしてやるつもりだったが、バイクはただ尾《つ》けてくるだけなので、知らぬふりをしておいた。

　エントランスを潜り、綱村の部屋を訪ねる。

　ノックをし、名前を告げると、ドアはすぐに開いた。

「待たせたな」

「かまわねえよ」

　ドアを開けたまま、奥へ入る。

　楢山は後に続いた。

　綱村はベッドサイドに座った。楢山は先日と同じく、椅子に腰を下ろした。

「話ってのは？」

　楢山から口を開く。

　綱村は少しうつむいていたが、やおら顔を上げて、楢山を見やった。

「俺、カタギになるわ。親父の願いだからな」

「おー、いいことだ。困ったことがあれば、いつでも言ってこい。力になるぞ」

「すまねえな。だが、頼らねえ。自力でやれるところまでやってみるよ」

「その性根はいいと思う。だがな。極道が足を洗ってカタギになるってのは、思っているより大変なことだ。俺の周りにも、何人もそういうヤツらがいたが、挫折《ざせつ》していった者も多い。気合いと根性だけじゃ乗り切れねえこともある。息が上がりそうな時、誰かに頼るのもまた、カタギになるってことだ。つまらない我《が》は張らねえで、きついと思ったら必ず言ってこい」

「わかったよ」

綱村は笑みを浮かべた。気負いのない、見ていて心地いい笑みだった。

「島を出るよ。内地で立派に勤めて、カタギになれたと思えたら、親父に会いに行く。親父にはそう伝えといてくれ」

「わかった、伝える」

強く首肯する。

「島を出る前に、頼みがある」

「その調子だ。言ってみろ」

楢山が笑みを濃くする。

綱村は楢山にまっすぐ顔を向けた。

「影野竜司の息子に会わせろ」

綱村が言う。

楢山の顔から笑みが消えた。

「何をする気だ？」

「何もしねえよ。ただ、見たいだけだ」

「なぜだ？」

「座間味が怖れていたのは、影野竜司だ。親父からヤツにだけは手を出すなと言われていたんで、対峙することはなかったが、一度は戦わなきゃならねえと思っていた。だが、ヤツは死んじまったろ？　歯がゆい思いをしていたら、今度はその息子にやられた。あんたならわかると思うが、強いヤツの強さを知らないまま、極道の看板を下ろすのは納得いかねえんだ。せめて、息子に会って、もぐらの強さを実感してみてえと思ってな。心配するな、絶対に手は出さねえ。約束する」

「そういうことか」

楢山はふっと笑って、目を伏せた。

「わかった」

太腿を叩いて、顔を上げる。

「竜星は明日の夕方までいねえんだ。明日、うちに来い」

「おまえのところにか？」

「ああ。竜星も、竜司の奥さんも一緒に住んでる。竜司の遺影もある」

　楢山が言う。

　綱村は唾を飲み込んだ。

「竜司の遺影を見て、竜司の身内に会って、ヤツの強さを感じるといい。ちなみにな、俺もたいがい強え連中に会ってきたが——」

　楢山は綱村を見つめた。

「竜司は今でも最強だ」

　にやりとする。

「竜星に会わせてやるから、一つだけ答えろ。おまえ、東京で誰と会ってた？」

　楢山はさらりと訊いた。

　綱村は目を伏せて逡巡した。が、意を決したようにうなずき、顔を上げた。

「波島の生長さんだ。俺の叔父貴にあたる」

「何の用だ？」

「座間味の再興を持ちかけてきた。叔父貴から、親父は東北に逃げたと聞かされていた。まあ、嘘だったがな」

「そうか。座間味、再興するのか？」

「親父がしねえと言ってんだ。しねえよ」

「そうだな。明日の夕方、迎えに来る。ビビって逃げんじゃねえぞ」

「逃げねえよ」

綱村が笑う。

楢山も笑みを返した。

5

真昌と竜星は、島ニンジンの入った箱を持って、畑から戻ってきた。作業を始めた頃は高い場所にあった太陽もずいぶんと傾いてきている。

先に箱を運んできた益尾は、縁側に座って、汗を拭っていた。

二人が島ニンジンを詰めた箱を重ねる。

「ふう、疲れたー！」

真昌が益尾の左隣に座った。竜星も腰のタオルを取って、汗を拭いながら、真昌の隣に腰を下ろす。

祖母がさんぴん茶を運んできた。

「お疲れさん」

真昌と竜星の間にペットボトルとコップを載せた盆を置く。祖母が二つのコップに茶を注いだ。

「いただきます」

竜星はコップを取り、一気に飲み干した。真昌も一気に空け、もう一杯、茶を注ぐ。

二人して、大きく息をついた。

「助かったよ、竜星。益尾さんも、ありがとうございました」

「いやいや、いい経験をさせてもらった。島ニンジンって細いからするっと抜けるもんだと思っていたけど、なかなか力がいるね。それに、身が詰まってるからか、箱詰めするとけっこう重い」

「そうなんですよ。案外、重労働なんで、一人で収穫するとなると、もう、うんざりで」

「島チデークニぬ収穫ぐらい、たいしたことなさんさ。近頃ぬ子ーひ弱だえー」

祖母が言う。

「そんなこと言っても、おばあ。きついもんはきついんだよ」

「もう少し、ちばりよー」

真昌の背中を叩く。真昌は手に持っていたコップから茶をこぼしそうになって、前のめりになった。

竜星と益尾が笑う。

「まあでも、とりあえず、来週渡せる分は収穫したから、問屋が来たら渡しといてな」

「はいよ」

祖母が目を細める。

のんびり休んでいると、玄関先に車が停まった。運転席から楢山が降りてきた。

「楢山さん、どうしたんです？」

「ああ、竜星が帰る時間だと思って、迎えに来た。おばあ、ご無沙汰してます」

楢山は祖母に頭を下げた。

「むる、変わりん？」

祖母は、みな、変わりはないかと訊いた。

「殺しても死なないくらい元気です」

言って、笑う。

「うれーゆたかった」

それはよかったと言い、祖母は目尻の皺を濃くした。

「あー、益尾。おまえ、真栄と浦崎の様子を見に行ってくれないか？」

「いいですよ」

「じゃあ、おれも行こうかな」

「そうしろ。二人とも出かける準備をして来い」

楢山が言う。

真昌と竜星は、奥の部屋へ引っ込んだ。祖母も盆を持って、下がった。

人がいなくなったのを見計らい、楢山は益尾の隣に座って、顔を寄せた。

「真栄たちを襲った連中が妙な動きをしてる。それと、沢田が沖縄に来ているという情報も入った。綱村が東京で接触していたのは、波島の生長だった。総じて考えると、波島が裏で動いているのかもしれん」

顔を前に向けたまま、小声で言う。

益尾の目つきが鋭くなる。

「金武からも情報が入っている。あいつの昔仲間で武器取引をやっているヤツが、大量の武器を捌《さば》いたらしい。相手が松山の関係者らしいということはわかっている。流れを考えると、連中に武器が流れている可能性もある」

「戦争でもする気ですか？」

「わからんが、嫌な予感がする。おまえは、真栄と浦崎、真昌を守ってやってくれ」

「わかりました」

首肯する。

竜星と真昌が用意を済ませて戻ってきた。

「じゃあ、行くか。益尾と真昌は病院まで送っていくよ」

楢山が立ち上がる。

「楢さんの運転？」

真昌が訊いた。

「当たり前だろうが」

「怖えな……」

「バカやろう！　俺は超優良ドライバーだ。安心して乗りたまえ」

にかっと笑う。

「怖えー」

真昌は震えてみせた。

益尾も笑ったが、一方で神経を研ぎ澄ませていた。

6

同時刻、ゴールドラッシュには男たちが集まっていた。

「なんだ？　昨日より、少ねえじゃねえか」

沢田が集まった男の頭数を数える。

七人減り、十三人しかいない。

「近頃のガキは、どうしようもねえな。まあいい。こっちの仕事が終わったら、一人一人見つけ出して、肉片にしてやる」

沢田はつぶやき、ボトルごとコニャックを呷った。

桑原と角田が蒼ざめる。

「桑原、連中の動向は？」

「病院と金武の道場に動きはありません。道場には金武の他に六人の師範がいます。綱村はホテルを出て、元県警の楢山という男の車に乗りました」

「県警？　サツに寝返ったのか？」

「わかりませんが……」

「極道の風上にも置けねえヤツだな。どこにいる？」

「那覇のマンションです。おそらく、楢山の住まいだと思われますが」

桑原は答えた。

「じゃあ、五人で一チーム作れ。病院と金武の道場を襲う者には、サブマシンガンとパイナップルを持たせろ。綱村は銃と長刀で殺れ」

「待って下さい。五人割りじゃ、頭数が足りませんよ」

角田が言う。

沢田は角田を睨み上げた。

「てめえらも出張《でば》るにきまってんだろうが」

沢田の言葉に、角田と桑原は目を見開いた。

「俺らも……ですか」

桑原が難色を示す。

「桑原。てめえは浦崎たちを殺ってこい。次はしくじるんじゃねえぞ。角田は金武を潰せ。俺は波島をナメやがった綱村をぶち殺す」

唸るような怒気含みの声にそこにいる全員が蒼ざめる。

「動く時は同時だ。一瞬でカタをつけてやる。関係ねえヤツでもジャマだったらぶち殺せ」

沢田が目を剝いた。漂う狂気に、男たちは震え上がった。

「決行は一時間後。的を殺るまでは戻ってくるな」

命令すると、沢田は立ち上がった。

「てめえら、戦争だ！」

そう叫ぶと、酒を浴び、空になった瓶を壁に投げつけた。

ボトルがけたたましい音を立てて砕ける。

室内に緊張が走る。

「全員、ぶち殺せ！」

「おー！」

沢田の狂気に触発された男たちの怒号で、室内が震えた。

金武は事務所にこもっていた。昔の仲間に連絡を取り、武器の渡った相手の特定を急いでいる。

7

道場に残った師範たちも、不穏な空気を感じ、神経を尖らせていた。

陽が暮れる。外が暗くなり、道場の明かりが濃くなってきた。

その時、玄関のサッシ戸にこつんと何かが当たった。

玄関近くにいた仲村が慎重にサッシ戸を引き開けてみる。

その目に、黒い塊が映った。

「手榴弾《しゅりゅうだん》だ!」

仲村は叫び、道場に駆け込んだ。

他の師範たちもフロアに伏せる。

瞬間、凄まじい炸裂音《さくれつおん》が轟いた。飛散した鉄片がガラスを粉々に砕き、サンドバッグをズタズタに切り裂いた。砂が滝のように流れ出る。

衝撃で建物が揺れ、舞い上がった炎がグローブやバンテージに飛び火した。

「なんだ！」

金武が事務所から飛び出してきた。

と、激しい銃声が響き渡った。

「入れ！」

金武の一声で師範たちは立ち上がり、事務所へ駆け込もうとする。

下平《しもひら》の右太腿を、壁を突き破った銃弾が抉《えぐ》った。前につんのめり、転がる。

別の師範が助けに出ようとする。しかし、掃射《そうしゃ》が激しく、表に出られない。

下平は、二発、三発と食らいながらも事務所の方に転がり、なんとか中へ入った。

ドアを閉め、壁に背をあて、みんなで座り込む。

「まいったな……」

金武は苦笑した。

「竜司さんが死んでからは、二度とこういうことはないと思っていたが」

師範たちを見回す。銃声が響く中、笑みを浮かべていた。特に、島袋、安座間《あざま》、照屋《てるや》、与那城《よなしろ》の四人は、金武と共に、かつて竜司たちと死線を潜《くぐ》り抜けてきた猛者たちだ。

「でも、金武さん。スペツナズの襲撃よりはましかもしれませんよ」

島袋が言う。

「そうだな。あいつらは厄介だった」

金武は昔のことを思い返し、笑った。

「俺らがどんな世界を渡ってきたのか、バカどもに教えてやろう」

金武はいったん笑い、すぐさま真顔になった。

「仲村、下平を病院へ連れて行け。残った者は俺と一緒にバカ狩りだ」

金武が言う。

島袋たちは首肯した。

金武が椅子をずらした。床下収納のような蓋があり、それを持ち上げる。奥は深く、階段が延びていた。

「まさか、こいつを使う時が来るとはな」

金武は抜け穴を見つめた。

仲村が先に入り、下で傷ついた下平を受け止める。仲村は下平を担ぎ、先に通路を進んだ。

次々と島袋たちが中へ入る。金武も最後に飛び込み、通路を駆けた。

通路は、百メートル先の雑草茂る空き地の出口につながっている。下平を抱えた仲村は、いち早く通路から出て、敵に気づかれず、現場を離れていた。

金武が通路を出た。草むらには、師範が四人潜んでいる。金武は四人を引き連れ、道場を襲ってきた連中の死角に回り込んだ。

常識外れの戦闘を経験してきた者たちだけに、銃を連射する者たちを見ても、落ち着いたものだった。

「あいつら、ゲームみたいに撃ちまくってんな」

島袋がつぶやく。

「敵は五人か。一人一殺でしまいだな」

照屋が片笑みを浮かべた。

「行くか」

金武が踏み出そうとする。

「ちょっと待って」

安座間が止めた。

後方にいた男が、手に持っていたものに火を点けた。導火線から火花が弾ける。

「あいつら！」

金武は頭を抱えて、しゃがんだ。他の四人も同じようにしゃがむ。

男は手に持ったものを投げた。銃を撃っていた者も後方に走って逃げ、車の後ろに回った。

筒のようなものが道場に飛び込む。まもなく、火柱《ひばしら》が噴き上がった。足下が鳴動し、爆風が草をなぎ倒す。火の点いた瓦礫が頭上から降り注ぐ。

建屋は跡形もなく吹き飛んだ。

「あーあ、まだローンが残ってるんだぞ！」

金武が頭を掻きむしる。

「保険、利くかな？」

与那城がつぶやく。

「利かねえだろ」

島袋はにべもなく即答した。

「あいつら……許さん！　弁償させるぞ」

金武が敵の背後に走った。四人が続く。

五人は金武を真ん中に、半円形に広がった。

敵は火柱が上がったのを見つめていた。壁の向こうが見えるほどの掃射に手榴弾とダイナマイトの爆破。さすがに生きていないものとタカを括っているようだ。

五人は足音を立てないよう、そろそろと男たちの背後に迫った。

燃え上がる炎が影を作り、金武たちの姿を隠す。爆《は》ぜる火の音が足音を消す。

金武たちは、蹴りの届く距離まで近づいた。

金武は左右を見て、うなずいた。

瞬間、五人同時にハイキックを放った。

敵の男たちが、一様に目を剝き、前のめりになる。

照屋は振り向いた男の顎を蹴り上げた。男の体が浮き上がり、車のボディーに背中を打ちつけ、地面に沈む。

安座間の前にいた男は、銃を握った手を向けようと反転した。安座間は男の右腕を左手でつかむと同時に、男の前腕に体重を乗せた右肘を落とした。

男は絶叫した。前腕は骨が折れ、あらぬ方向に曲がった。

与那城は前のめりになっている男の背後から、股間を蹴り上げた。

男は飛び跳ね、股間を押さえて両膝を落とした。

「痛いよねえ、股間」

与那城はにんまりとし、男の首筋に右回し蹴りを浴びせ、なぎ倒した。

島袋の蹴りを受けた男は、倒れそうなところを踏ん張り、振り返った。右の手元が炎の明かりで光った。

島袋は左脚を男の右側面に大きく踏み出し、半身を切った。島袋の腹部を狙った短刀の切っ先が脇を過ぎる。

島袋は腰をひねって、右膝を振った。突っ込んできた男の顔面に膝がめり込む。男は鼻《び》腔《こう》から血を噴き、その場にストンと落ちた。

金武は前のめりになった男の後頸部《こうけいぶ》に、踵を落とした。

鈍い音がした。男は動きを停め、そのままゆっくりと倒れ、地面に突っ伏した。

五人が蹴りを放って、敵を全滅させるまで、二分とかからなかった。

ほとんどが意識を失っている。まだ意識があったのは、安座間が腕を折った男だけだった。

金武は、叫びながらもんどりうっている男に歩み寄った。

金武は肩を踏みつけ、仰向けにさせた。そのままたいで、腹に乗りかかる。男の額は脂汗で濡れ光っていた。

「おまえ、名前は？」

訊くが、顔をそむける。

「名前は？」

金武は、折れた腕をつかんだ。

男は絶叫した。脂汗が珠のように湧き出る。

「つ……角田……」

「角田か。おまえら、うちを襲って、無事で済むと思ってたのか？」

睨み下ろす。

角田は何も答えず、紫に変色した唇を震わせた。

島袋たちが角田を取り囲んだ。五人で角田を見下ろす。

「ボスはどこだ？」

　金武が片眉を上げた。

　震えが止まらない角田の目には、涙があふれた。

8

　益尾が病室を訪れて、一時間以上が経っていた。

　安里真栄は順調に回復していた。まだ歩くのはきつそうだが、体を起こし、食事も摂れ、会話もできるようになっている。

　一方、浦崎はいまだ目を覚ましていない。医師の話では、絶命の危機は回避したそうだが、身体ダメージは大きく、体力が戻るまでは目を覚まさないであろうとのことだった。

　益尾は、真栄に事件当時の状況を聞きつつ、滞在時間を長くしていた。

　と、スマートフォンが震えた。

「すみません」

　ポケットからスマホを出し、手元を覗く。金武からのメッセージだった。

〝道場襲撃　各人注意〟

　短いメッセージだったが、状況は伝わった。

「どうかしたか？」

　真栄が訊く。

　益尾は笑顔を作った。

「仕事の連絡です。ホント、休ませてくれなくて困ります」

　益尾は笑いながら、立ち上がった。

「じゃあ、真栄さん、また覗かせてもらいます」

「今度は家で会えるよ。真昌、送っていけ」

　ベッドの反対側の椅子に座っていた真昌が立ち上がろうとする。

「ああ、そのままそのまま。お母さんも帰ったんだから、君がついていてあげなくては」

「いいんですか？」

「子供じゃないんだから、帰り道くらいわかるよ。じゃあ、真昌君もまた」

「収穫、手伝ってもらって、ありがとうございました」

　真昌は立って、頭を下げた。

　益尾は笑顔でうなずき、病室を出た。途端、笑みが消える。

　ドアの前で警備をしている警察官に顔を近づける。

「トラブルが起こっています。気をつけてください」

「わかりました」

制服警官の顔にも緊張が走った。

「少し見回ってきます」

益尾は言うと、気配に神経を研ぎ澄ませながら、ナースセンターの方へ歩いていった。

その先にエレベーターホールがある。

ゆっくりと歩き、隣の病室内の気配も窺う。

一番端の病室を過ぎようとした時、ドアが開いた。

カートを押した男性看護師が出てくる。思わずぶつかりそうになり、益尾は足を止めた。

「ああ、すみません」

男性看護師が人のよさそうな笑みを向け、頭を下げる。

「いえいえ、こちらこそ」

会釈した。

その時、ふっと顔にまとわりつくようなツンとした刺激臭を感じた。

病院のニオイではなく、街中でよく感じる臭いだ。

気になって、男性看護師を見た。よく見ると、毛の生え際が金色だ。

毛染め……？

医療に携わる者が、見た目にわかるような金髪にすることは、まずない。

「失礼します」

男性看護師は、会釈して過ぎようとした。

歩き方や仕草を瞬時に細かく見る。

腕や肩の細さに比べ、腹部が膨れているような違和感があった。

「君、ちょっと」

益尾は男性看護師を呼び止めた。

「なんでしょう？」

男性看護師は顔だけ振り向けた。

「今の時間に病室を回って、何をしているのかな」

「検温と点滴のチェックです」

「それはさっき、終わったはずだけど」

益尾はカマをかけた。

「えーと、さっきのは――」

男性看護師は答えあぐねた。笑顔が強ばる。

男の手が懐に入った。肘が動く。

瞬間、益尾は右肘を押さえると同時に、左手を腹部に回し、男の手の甲を押さえた。

硬いものが指に触れる。男の指先の曲がり方が手のひらから伝わってくる。

銃か！

男は手を懐から引き抜こうとした。しかし、益尾に肘を押さえられ、腕が上がらない。
男は逃れようと左肘を振った。益尾は男の肘を押さえ、手の甲を手のひらで押さえたま
ま、左肘が回る軌道に沿って回転した。
男の体がカートに当たり、載せていたものが散らばる。しんとした廊下に、けたたまし
い金属音が響く。
病室の前の椅子に座っていた警官が駆け寄ってくる。
益尾は胸を浴びせ、男の前面を壁に押さえつけた。
男が体を揺さぶって抗《あらが》う。しかし、益尾の腕から逃れられない。
「暴れるな」
耳元で言う。
と、男が叫んだ。
「ちくしょう！」
怒声が廊下に轟く。
「どうしました！」
警察官が益尾の脇に回り込む。
その時、男が出てきた病室から、複数の男が飛び出してきた。手にはサブマシンガンが
握られている。

「危ない！」

警察官の襟首をつかもうとした。

が、その前にサブマシンガンが火を噴いた。警察官が益尾の前で被弾し、回転して病院の壁に当たる。そのまま血の筋を描いて、廊下に倒れた。

男性看護師を装っていた男は、体を揺さぶって、益尾の腕から逃れた。銃を抜き出そうとする。

しかし、味方の銃弾を背中から浴び、益尾に倒れ込んできた。

「おい！　しっかりしろ！」

益尾は男を抱き留めた。男は口から血を流し、朦朧としていた。

敵は味方を撃ってもなお、掃射をやめない。廊下には跳弾が飛び交う。

益尾は男の懐に手を入れた。銃を握る。

「すまない」

益尾は男を盾にし、脇から銃を出した。敵に向かって引き金を引く。

放たれた銃弾が、サブマシンガンを握っていた男の肩を撃ち抜いた。男の手からサブマシンガンが落ちる。

非常ベルが鳴り始めた。男たちの動きが止まった。予期せぬベルの音に、動揺しているようだった。

益尾は銃を放り、駆け寄った。

男たちは迫ってきた益尾に気づいた。が、数秒、動くのが遅れた。

益尾は手前の男の顎先に、左フックを叩き込んだ。首が傾いた男は脳が揺れ、立てなくなり、そのまま両膝から落ちた。

座り込む男の脇を掻い潜った益尾は、後ろにいた男の懐にステップインした。折り曲げた膝を伸ばしながら、右アッパーを突き上げる。

男の体が浮き上がった。口からしぶく鮮血が弧を描く。男はそのまま背中から落ちて、息を詰めた。

もう一人の男は長刀を握っていた。切っ先を益尾に向ける。だが、腰が引けていた。

益尾は正面から踏み込んだ。

男はあわてて、長刀を振り上げた。

瞬間、益尾はボディーに強烈なアッパーを打ち込んだ。

男が身を捩《よじ》った。口から涎《よだれ》を吐き出す。振り上げた長刀が手からこぼれ、廊下に落ちて、金属音を響かせた。

益尾はもう一発、右のボディーブローをねじ込んだ。

男は膝を落とし、腹を押さえて突っ伏した。

「動くな！」

ナースセンターから男が出てきた。桑原だ。

女性看護師の首に腕を巻いていた。銃口を頭に突きつけている。

「両手を挙げろ」

桑原が命じる。

益尾は両手をゆっくりと挙げた。

「そのまま、おとなしくしてろ。邪魔すると女の頭にぶっ放すぞ」

怒鳴り声が廊下に響く。

益尾は男の全体像を冷静に見つめ、隙を狙っていた。

と、奥の病室のドアが開いた。

「益尾さん！」

真昌の声だった。

肩越しに後ろを見る。真昌が駆け寄ってきていた。

「来るな！」

益尾が声を張る。

桑原が銃口を真昌に向けた。指が動く。

銃声が轟いた。

真昌が立ち止まった。

「益尾さん！」

目を見開く。

弾道上にとっさに体を入れた益尾が、左肩と胸の間を撃ち抜かれていた。

桑原は益尾の動きにひるみ、一瞬だけ、モーションを止めた。銃口も女性看護師から離れている。

そこを逃さなかった。

素早く左脚を踏み込んで間合いを詰め、左手で桑原の左手首の内側をつかむ。そして、右脚を踏み込むと同時に、桑原の左肘の裏に右の手刀を添え、礼をするように上体を倒した。

桑原の体が傾いた。左肘を支点にして、体が半回転に浮き上がる。

益尾はそのまま正座をするように両膝を落とした。手刀に益尾の体重が乗る。

逆さに舞った桑原は、首から廊下に叩きつけられた。首が折れ曲がる。桑原は奇妙な呻きを漏らした。

廊下に突き刺さったような恰好《かっこう》になっていた桑原の脚がゆっくりと倒れていく。

桑原は意識を失い、動かなくなった。

益尾は立ち上がろうとした。が、胸に痛みが走り、思わず片膝をついた。

「益尾さん！」

真昌が駆け寄ってきた。

「大丈夫ですか！」

「まあ、なんとか……。背中から撃たれるよりはましだ」

笑顔を見せるが、痛みに顔が歪む。

「すみません！　オレが飛び出したせいで」

「いいんだよ。君にケガがなくてよかった。一般市民を守るのが警察官の役割だからな」

益尾は笑みを作った。

「僕はいい。撃たれた警察官や若い人たちを助けてやってくれ」

「こいつらが襲ってきたんじゃないですか！」

「だからといって、死なせていいわけじゃない。彼らの行為は法で裁かれればいい。僕たちの仕事は殺すことじゃない。犯罪を止め、罪を犯した者を捕まえること。そこを履き違えちゃいけない」

益尾が痛みに顔を歪めた。

医師や看護師がフロアに駆け込んできた。次々とストレッチャーに乗せられ、運ばれていく。

「真昌君が手伝わなくても大丈夫のようだね。病室に戻って。まだ、敵が襲ってくるかもしれない。その時は頼んだよ」

益尾は言うと、気を失った。

「益尾さん！　益尾さん！」

支えて、揺さぶる。

「揺すっちゃいかん！」

医師が怒鳴った。真昌はびくっとして動きを止めた。

看護師が益尾をストレッチャーに乗せる。そのまま連れていかれた。

益尾を見送る真昌の目に、涙が滲んだ。

9

それより少し前、綱村は、楢山だけでなく、紗由美や竜星、節子と食卓を囲んでいた。

楢山は綱村のことを昔の友人とだけ伝えている。紗由美も節子も、綱村を楢山の友人として迎えた。竜星は綱村の正体は知っていたが、気にすることなく、普段通りの食事を済ませた。

食事が終わり、紗由美と節子が片づけを始め、竜星が自室に引っ込むと、リビングには楢山と綱村の二人だけになった。

「どうだ？」

「居心地はよくねえな」

「慣れてねえだけだ」

楢山は言い、自分と綱村のグラスに泡盛を注いだ。

「俺も最初は尻がむず痒かった。けど、歳食ってみるとな。こういう場所があってよかったとつくづく思う。虚勢を張り続けるのは、正直きつい」

楢山は泡盛を飲んで、振り向いた。隣室の竜司の遺影に目を向ける。

「あいつもそうだったんじゃねえかと思うよ。俺ら以上に過酷な人生を送ってたからな」

綱村も竜司の遺影を見やる。が、すぐに目をそむけた。

イメージと違っていた。

もっと、触れなば斬れんというような、対峙する者を圧倒する凄《すご》みを持っている男だと思っていた。

しかし、写真の中の竜司は、哀しみをまとい、街の明かりにふっと消えてしまいそうな男だった。

竜星のイメージも違った。

尖ったパワーを全開にしている若者と思っていたが、優しく柔和な笑顔を見せる好青年だった。

拍子抜けした。同時に、〝強さ〟というものがわからなくなった。

自分が追い求めてきた〝男〟の強さも、竜司や竜星の前ではかすんでしまう。

何が違うのか、正直わからない。わからないが、あきらかに自分にはない何かを、二人は持っていた。

楢山は押し黙って泡盛を傾ける綱村を、微笑んで見つめた。

背中をドンと叩く。

「なんだよ」

綱村が睨んだ。

「わかるぞ。おまえが今、感じていること。俺もそうだったからな」

「知ったふうな口、きくんじゃねえ」

「わかるんだ。俺とおまえは似たようなもんだからよ」

「気持ち悪いな、あんた」

「竜司もたまに、そんなこと言ってた」

楢山は笑って、グラスを持った。

と、スマートフォンが鳴った。画面を見て操作する。その顔に緊張が走る。

「綱村、すまねえが、今日はこのくらいにしといてくれるか」

言い、金武の道場が襲われたとのメッセージを見せる。

綱村はちらりと確認し、泡盛を飲み干した。

「ふう。楢山、そろそろ行くわ」

綱村は立ち上がった。

「おう、そうか。紗由美ちゃん、綱村、帰るってよ」

「えー、もっとゆっくりしてってくれたらいいのに。楢さんの友達が来るなんて、めずらしいんだから。ていうか、楢さんに友達がいたことにびっくり」

「俺にも友達の一人や二人はいるわ！」

楢山が怒鳴る。

節子が手を止めて、顔を出した。

「まあまあ、二人とも。綱村さん、また、いらしてくださいね」

「ありがとうございます。ご馳走さんでした」

綱村は深々と頭を下げた。

「じゃあ、綱村さん、今度はゆっくりね」

紗由美が笑顔を向ける。

「ぜひ」

綱村はぎこちない笑みを返した。

玄関へ向かう途中、竜星の部屋のドアをノックした。

「竜星、綱村、帰るってよ」

言うと、ドアが開いた。

竜星は微笑み、まっすぐ綱村を見つめた。

「また、来てください」

「いいのか？」

睨む。

竜星は自然に見返した。

「綱村さんは悪い人じゃないとわかりましたから」

さらりと言う。

綱村は目を丸くした。そして、小さく微笑む。

「ガキに言われるようじゃ、俺もしまいだな。また会おう」

「はい」

竜星は首肯した。

「ちょっと送ってくる」

「はーい」

紗由美の声が奥から響いた。

竜星は玄関の方を見ていた。と、楢山が靴を履いた。

飲んでいるので、車を運転するわけではない。そのあたりまで送ってタクシーを拾うくらいなら、サンダルで十分だ。

　右のポケットも膨らんでいる。スマホを入れているようだ。

「お邪魔しました」

　綱村が声をかける。

　二人が玄関を出て、ドアが閉まる。

　紗由美が食卓を片付け始めた。

「あれ、どこに行くの？」

　靴を履いている竜星を認め、訊く。

「ノートが足りなくなったから、コンビニで買ってくるよ」

「そう。ついでに、ボールペン買ってきてくれない？　あの、するするして書きやすいやつ」

「わかった」

　竜星は言い、外に出た。

10

　檜山と綱村は坂道を下りていった。背後からは、あきらかに普段は感じない殺気が付きまとっていた。

楢山たちは気配を感じつつも、素知らぬふりをして、歩いた。そして、近くの公園へ入っていく。

遊歩道を進み、暗がりに入った途端、二人は脇の茂みに、左右に分かれて飛び込んだ。

複数の足音が駆けてきた。

楢山たちが消えたあたりで立ち止まり、あたりを見回す。

「あいつら、どこに行った！」

「捜せ！」

背の高い男が言う。

五人いた男が散った。

楢山は一人になった男の後を尾行した。周りを見る。ちょうど遊歩道が曲がったところで、他の男たちからは死角となった。

楢山は茂みを揺らした。

「誰だ！」

男が振り向く。

瞬間、楢山は杖先で喉を突いた。暗がりから飛び出してきた杖の尖端《せんたん》を、男は避けきれなかった。

息を詰め、喉を押さえて咳き込む。

茂みから飛び出した楢山は、片足立ちのまま、杖を水平に振った。男の頸動脈に叩き込む。

一瞬、血流が途切れた男は目を見開き、そのまま膝から落ちた。

うつぶせに倒れる。

楢山はポケットや懐を探った。短刀や拳銃が出てくる。

「物騒なもの、持ってやがんな」

楢山は茂みに銃と短刀を放った。


綱村の前を、二人の男が通り過ぎた。

綱村は茂みから出て、男たちの背後に立った。

「おい」

声をかけると、男たちは同時にびくっと肩を竦め、立ち止まった。

綱村は右側の男の後頭部に、右拳を叩き込んだ。

ごっ……という音が響き、男が目を剝いて前のめりになる。

左の男が振り向いた。その顔面に左ストレートを放つ。大きな拳が男の鼻柱を砕いた。

後方に吹っ飛び、一回転してうつぶせになる。

綱村は歩み寄り、襟首をつかんだ。立たせて、鼻先に頭突きを入れる。鼻から噴き出した血が綱村の額との間に糸を引き、散った。

「こら、誰の命令だ？」

もう一発、頭突きをくらわす。

男は強烈に頭を揺さぶられ、白目を剝いた。

「だらしねえな」

綱村は男の襟首から手を離した。どさりと沈む。

後頭部を押さえてうずくまる男の髪の毛をつかんだ。顔を上げさせる。

その時、男が叫んだ。

「綱村だ！」

暗がりに声が響く。

足音が近づいてきた。

「ずいぶん舐められたもんだな、俺も。俺に逆らえばどうなるか、教えてやる」

綱村は髪の毛を引き上げた。顔が上がる。

そのまま、コンクリートの歩道に叩きつけようとした。

「ダメだ！」

若い声が響いた。

綱村は手を止めた。男の鼻先がアスファルトすれすれで停まる。男はあまりの恐怖に、失神していた。

手を放すと、男は顔を地面につけ、尻を突き上げたままの格好で動かなくなった。

「なんだ、おまえか」

竜星だった。

「ガキが出張ってくるところじゃねえ」

「綱村さん、カタギになるんでしょう？」

「なんで、そのことを……」

「一緒に食事していて、わかりました。話の端々に、そういう言葉が出ていましたから」

「そんなこと、口にしてたか？」

「はい」

竜星が首を縦に振る。

「かなわねえな、おまえらには……」

写真の竜司の姿も思い浮かべ、〝おまえら〟とつぶやいた。

綱村は立ち上がった。

「しかしな。因縁ってのは、なかなか絶ち切れねえものなんだ。こっちがカタギになろうと思っても、亡霊のように付きまといやがる。そこをスッキリさせねえことには、次の一歩に踏み出せねえのよ」

「そういうことだ、竜星」

杖を鳴らす音が聞こえてきた。

楢山が綱村に近づいてくる。

「なんで、おまえ、ここに来たんだ？」

「楢さんが、そこまで見送るのに、靴履くのはおかしいでしょう？　スマホも持って出てるし」

「細けえな」

楢山は苦笑した。

「おまえは帰れ」

「手伝いますよ」

「敵がうちを襲ってくるかもしれねえ。今襲われたら、おばあと紗由美ちゃんだけだ」

「また、そんな話になってるんですか？　だったらますます、うちには来ないようにしないと」

竜星は気配を感じていた。横目で気配のする方を見やる。

茂みの陰から銃口が覗いていた。

竜星は顔を綱村に向けたまま、横っ飛びし、茂みに飛び込んだ。

綱村は何を始めたのかわからなかった。

楢山はにやりとする。

竜星の動きを見て、茂みに隠れていた男はあわてて銃口を起こした。

その脇に竜星が現われた。と思ったら、眼前に膝が迫った。

男は避けきれなかった。

竜星の左膝が、男の頬骨を砕いた。男は後方に二回転した。

竜星は草むらを飛び回る猫のような素早い動きで、男を追った。

男が仰向けになり、目を開いた。その時にはすでに、竜星が脇に立っていた。

竜星はしゃがみながら、左拳を振り下ろした。

男がうっと呻き、目を剝いた。そして、ぐったりと脱力した。

「なんなんだ、今のは……？」

綱村は目を丸くした。

「あれが、ケンカの天才だ。おまえ、気配に気づかなかっただろう？」

楢山に問われ、押し黙る。

「竜星はすげえよ。ちょっとした違和感を感じ取って、体が反応する。竜司もそういうヤツだった。俺らみたいに鍛えに鍛えても届かない領域を、竜司や竜星は持ってる。竜星はまだ、自分が持っている天賦《てんぷ》を信じたくないようだがな。あいつはその天賦を、ケンカ以外にも使える賢さを併せ持ってる」

「なんだ？」

「細かいところに気づく能力。他の者よりも、細かいところに気づく分、さりげなくフォローしてやることもできる。その能力は時に竜星を苦しめるが、いずれ、自分がコントロールできるものとして受け入れるだろう。その時こそ、竜星が本当の大人になる時なんだろうな」

「父親みてえなことを言うな」

「そんなもんだからな、竜星にとっての俺は。でも、あいつがいたから、俺は生きて来られたかもしれねえ」

「楢さん！　左！」

　竜星が叫ぶ。

「わかってるよ」

　左の暗がりから、長刀を振り上げた男が飛び出してきた。

　楢山は綱村の方を向いたまま、杖を握った。

　男が長刀を振り下ろそうとする。楢山はトンファを振るように、杖を振った。スナップを利かせ、杖のスピードを一瞬で加速させる。

檜山の杖が、男の二の腕とこめかみを同時に打った。檜山は腰を回転させ、杖を振り抜いた。

男が真横に吹っ飛んだ。手から離れた刀は宙で回転する。男はそのまま地面に横滑りした。刀が降ってきた。回る刀が男の顔の前に突き刺さる。

男は短い悲鳴を漏らした。

綱村は息を呑んだ。

「あんたもすげえな……」

「竜司や竜星みたいな才能はないが、努力だけは負けてねえ。だから、片足でもこのくらいのことはやれる。才能があろうがなかろうが、関係ねえんだよ、綱村。自分を知り、自分のできることで目一杯努力する。それだけじゃねえか？」

檜山は倒れた男に近づいた。

杖で仰向けに返し、喉元に杖先を突きつける。

「俺らを襲わせたのは、誰だ？」

男が顔を背ける。

「誰だ？」

喉仏を突いた。

男は苦しそうな呻きを漏らした。

「さっさとゲロしねえと、死ぬよりつらい目に遭うぞ」

「あんた……元警官だろ……」

「だから、なんだ?」

檜山は地面に刺さった刀を抜いた。

「沢田さんは――」

男が言おうとした時、銃声が轟いた。

檜山の右肩を銃弾が抉る。檜山は刀を落とし、左手で右肩を押さえた。バランスを失い、前のめりになる。

綱村が抱きとめた。そのまま、歩道脇の草むらに連れ込む。

「大丈夫か?」

綱村が檜山の傷口を押さえた。

「ああ……油断しちまった」

檜山が無理に笑う。

竜星が草むらに飛び込んできた。

「檜さん!」

「耳元で叫ぶな。うるせえ」

もう一度、笑おうとした時、痛みが走り、顔をしかめた。

瞬間、綱村はぞくっとした。

竜星を見やる。すさまじい殺気を放っていた。

「これが……」

思わず、つぶやく。

「これだ。これが、竜司や竜星の強さの源だ。しっかり感じろ、綱村」

楢山が言う。

「綱村、出てこい！」

声が響いた。

竜星が立とうとする。綱村が肩を押さえた。

「おまえは楢山を見てろ。すぐカタを付ける」

深い笑みを滲ませ、立ち上がる。そして、闇に鋭い目を向けた。

「沢田か！」

「そうだ！　波島をナメてんじゃねえぞ！」

叫びと共に銃声が轟く。

綱村の左頰を銃弾がかすめる。

「綱村さん！」

竜星が腰を浮かせる。楢山が腕を握った。

綱村はゆっくりと草むらを出た。二発、三発と発砲が続く。左上腕を撃ち抜かれ、上体が揺らぐ。それでも踏ん張り、前進する。

「綱村さん！　助けなきゃ！」

竜星は榴山の手を振りほどこうとする。が、榴山は手を放さない。

綱村は右腿に被弾し、片膝をついた。

銃声が止む。反対側の木陰から、男が姿を現わした。

長刀の抜き身を握っていた。綱村は右膝を落としたまま、動かない。

「たいしたことねえな、綱村。別荘暮らしが長すぎたんじゃねえか？」

笑みを浮かべ、近づいてくる。

「榴さん、放して！」

「見てろ、竜星！」

榴山が強く制する。竜星はもがくのをやめ、綱村を見つめた。

沢田が綱村の前で立ち止まった。刀先を眼前に突き出す。

「つまらねえ死に様だな、おい」

「親を殺すクソよりはましだ」

綱村は睨み上げた。

沢田が気色ばむ。

「ナメるのもたいがいにしろよ。てめえをぶち殺した後は、草むらに隠れてる連中も皆殺しだ」

沢田が刀を振り上げた。

刃が振り下ろされる。綱村の頭上に迫った。

瞬間、綱村は右手を上げた。手のひらで刃を受け止め、握る。

「な……！」

沢田の顔が強ばった。刀を引く。が、ぴくりとも動かない。

綱村はゆっくり立ち上がった。沢田を見下ろす。

「俺のダチとその息子は殺させねえ」

左腕を引く。そして、固めた拳を叩き込んだ。

沢田の鼻骨がひしゃげた。顔面がへこみ、後方に弾け飛んで、腰を落とした。

綱村の右手に刃が残る。手を開いた。肉が裂け、骨が覗き、血が滴る。しかし、かまわず、沢田に歩み寄った。

沢田は立ち上がった。綱村の腹に右拳を突き入れる。が、綱村はびくともしない。

「てめえにヤクザを名乗る資格はねえよ」

傷ついた右手を握り、フックを放った。

沢田の頬が抉れ、横倒しになった。

綱村は脇腹を踏んだ。沢田が身をよじり、胃液を吐き出す。綱村は冷ややかに沢田を見下ろし、蹴り回し、踏みつけた。

途中から、沢田の呻きが聞こえなくなった。

楢山はため息をつき、竜星の腕を叩いた。

「止めてこい。やりすぎだ」

竜星は草むらから飛び出した。

「綱村さん！」

声をかけると、綱村は暴行をやめた。

竜星はすぐ、綱村の右手を取り、ハンカチを取り出して手のひらに巻いた。

「病院に行きましょう」

「たいしたことはねえ」

「あるでしょうが！」

竜星が怒鳴る。

「楢さんも、綱村さんも、まったく……まったく！」

竜星は止血をしながら怒り続ける。

楢山が二人に近づいた。

「いいもんだろ」

綱村に笑みを向ける。

「悪くはねえな」

綱村が笑った。

「よくない！」

「わかった、わかった」

楢山は綱村と顔を見合わせ、スマートフォンを出して比嘉に連絡を入れた。

「もしもし、楢山だ。俺らと金武が襲われた。首謀者の沢田俊平はここに倒れてる。警官を回してくれ」

用件を伝え、電話を切る。

楢山は大きく息をついた。

「竜星、ここはもう大丈夫だから、戻れ。綱村は俺が病院に連れていくから」

「絶対、行ってくださいよ。絶対！」

竜星は二人を睨み、公園を後にした。

綱村は竜星の後ろ姿を見つめ、つぶやいた。

「誰かを守りてえって思いは強えもんだな」

「そういうことだ。さてと、おまえは行け。ムショ上がりがこんなところにいたら、面倒が増えるだけだ」

「沢田をやったのは、俺――」

「いいから、行け。その代わり、しっかりカタギになって戻って来い。待ってるぞ」

楢山は深く微笑んだ。

綱村はうつむいた。そして、深々と腰を折った。

「この恩は必ず返す」

そう言い、小走りで立ち去った。

「顔に似合わず律儀なヤツだな」

楢山は笑顔で、綱村を見送った。

エピローグ

益尾は、真栄たちと同じ病院に入院していた。幸い、弾は貫通していて、肺組織や筋肉にも損傷はなかった。

真昌は連日、益尾の病室を訪れていた。今日は竜星と楢山の顔もある。

「まあしかし、ホントにおまえはよく撃たれるヤツだな」

「よくってのはやめてください。二回だけですよ」

益尾が苦笑する。

「そうやって、からかうのはやめなさいよ」

紗由美が入ってきた。

愛理は、木乃花の世話もあり、すぐには沖縄に来られなかった。紗由美は心配する愛理の代わりに、仕事を休んで、益尾の世話をしていた。

「今日は人数いるから、大丈夫ね」

「紗由美さん、毎日すみません」

「いいのよ。ちょっと頭を切り替えたいところだったから、ちょうどよかった。じゃあ、私、ちょっと会社に行かなきゃいけないから、あとはよろしく」

　紗由美は言うと、病室を出た。

「母さん、人材派遣の仕事、引き受けたんだってね」

「ああ、そう言ってたな」

「なぜ、急に決めたんだろう」

「沖谷令子の話を聞いて決めたと言ってたよ」

　益尾が言う。

「えっ、あんなキャリアウーマンになりたいんかなあ、おばさん」

　真昌が首を傾げる。

「違うよ。逆。沖谷令子の話を聞いていて、派遣社員が駒のように扱われていると感じたそうなんだ。でも、それは許せないから、自分の会社の派遣業は働く人にも優しいものにしたいって。紗由美さんらしいですよね」

　楢山を見やる。

　楢山は微笑んだ。

「その沖谷さんとかいうおばさん、捕まったんですよね？」

真昌が訊く。

「ああ」

楢山がうなずく。

楢山たちが襲われた当日、比嘉ら県警本部の組対部がゴールドラッシュに踏み込んだ。桑原の部下らの証言で、浦崎たちを襲い、仲屋たちを殺したのは桑原たちだという豊崎の言葉は裏付けられ、浦崎と安里真栄の嫌疑は晴れた。その豊崎は南部のガマに身を隠していたところを見つかった。

浦崎は意識は戻ったものの、まだまだリハビリに時間がかかるそうだ。真栄は近いうちに退院できる目途がついた。

さらに、監禁されていた内間と奥平の話も、桑原たちの犯行を確定させる重要な証言となった。

桑原は司法取引をし、沢田に指示されたことや、沢田が行なっていた違法金融、違法労働などの手口をすべて検察に話した。

結果、沢田は複数の罪状で起訴されることになった。

沢田は、自分だけが逮捕されたことに腹を立て、千賀や沖谷、那波らと生長の関係や、彼らが画策していた南部観光開発に絡む暴挙について暴露した。

沖谷たちは否認していたが、経済産業省の職員、佐東孝彦の証言が決定打となり有罪となった。

観光開発絡みのスキャンダルは、メディアを賑《にぎ》わせた。

千賀は逃げ回っていたが、最終的に生長殺害の現場にいたことが発覚し、国会議員の地位を追われた。

南部観光開発の反対運動を取り仕切っていた下地も、千賀たちの逮捕を受け、自分が受けた仕打ちを吐露した。

そのことで、古城は県議会議員を辞めざるを得ず、沖縄にも居場所をなくし、英美理と共に島を去った。今は、どこで何をしているか知れない。

捜査資料の中に、綱村の名前も出てきた。しかし、綱村が彼らに加担していた証拠はなく、一連の事件の参考人からは外された。

「でも、なぜ、沖谷たちは、こうも急いで南部開発の利権を得ようとしたんでしょうね?」

「千賀は選挙資金が欲しかったようだな。沖谷と那波は、北部開発の利権奪取に金を注ぎ込みすぎて、経営危機に陥っていたらしい。それも会計操作で捻出した金だから、監査が入れば背任に問われる。帳尻を合わすために、急ぎ、まとまった金が欲しかったんだろうと、比嘉が言っていた」

「目先の金で、こんなことするのかあ。金は怖えな」

話を聞いていた真昌がこぼす。

益尾が真昌を見やった。

「金が怖いんじゃないぞ。金に取り憑かれる人間が怖いんだ。金は必要なものではあるけど、金に囚われてしまうと、大事なものを見失う」

益尾はさりげなく竜星に目を向ける。

竜星は目を伏せた。

「まあ、姑息《こそく》なヤツはまともに生きられねえってことよ。竜司じゃねえが、ちゃんと生きろ、真昌も竜星も」

「そうだね」

竜星が微笑する。

「オレ、ちゃんと生きるぞ」

「お、いいぞ、真昌。で、何をするんだ？」

楢山がからかい気味に訊く。

「オレ、警察官になる！」

真昌は言い切り、口を真一文字に閉じた。

楢山は驚いて、目を丸くした。竜星と益尾もびっくりして、顔を見合わせる。

「本気か？」

楢山が訊いた。

「本気も本気っす！」

楢山にまっすぐ目を向ける。

「益尾さんが、自分が撃たれても一般市民を守るのが警察官の使命だと言ってたのに感動しまくりまくって。すげーなと思って。オレもそうなりてえなと思って」

「おまえなあ。その程度の志じゃあ――」

楢山が苦言をこぼそうとした。

と、益尾が笑いだした。

「いや、いいな、真昌君！　それでいい」

そう言って、笑い続ける。

「益尾、煽るな……」

「いやいや、楢山さん。僕もそうだったじゃないですか。竜司さんとか楢山さんがかっこよくて、少しでも背中を追いたくて、警察官になったんですから。まさか、僕が追われる立場になるとは思ってもみませんでしたけど」

ひとしきり笑い、真昌を見つめた。

「真昌君、始まりはそれでいい。そして、警察官になっても、初心を忘れなければ、それでいい」

「あざーす！」

真昌が頭を下げる。

「おまえ……まあ、警官になるのはいいが、まずはその言葉づかいから直さなきゃな」

楢山は苦笑した。

竜星も微笑む。が、内心複雑だった。

母は新しい道に踏み出す決意をした。真昌も自分の道を見つけた。

竜星自身にもしたいことはある。

しかし、踏み出せない……。

「竜星、そういうことだから、勉強教えてくれ。頼む！」

竜星の腕を握って、拝み倒す。

「なあ、頼むよ。頼──」

真昌の動きが止まった。顔を見る。竜星の後ろを見つめている。

「なんだ、パパ、元気じゃん」

声を聞いて、振り向いた。

「木乃花ちゃん、来てたのか」

「竜星君、会いたかったー！」

木乃花が抱きつく。

真昌は仰け反った。

「ちょっ、こら」

竜星は押し離した。

「照れ屋だなあ、相変わらず」

「木乃花、病院だぞ。静かにしなさい」

「パパだって、さっき大声で笑ってたくせに」

腰に手を当てて、ふくれっ面をする。

竜星は呆れて、益尾の方を見ようとした。その目の端に真昌の顔が映る。

真昌は木乃花をぼーっと見つめていた。心なしか、頬が赤い。

木乃花に遅れ、愛理が駆け込んできた。

楢山や竜星が目に入るも、会釈するだけで、益尾のベッドの脇に駆け寄った。

「大丈夫なの？」

「ああ、心配かけたな。ごめんな」

「もう……」

愛理は唇を噛んで、涙を浮かべた。

愛理が真昌を見やる。

「ああ、安里さんの息子さんで真昌君」

「真昌君！　小さい頃に一度会ったきりだけど、大きくなったね」

「ご無沙汰してます。オレ、覚えてなくてすみません」

真昌がペコっと頭を下げる。

「いいのよ。木乃花は初めてだったよね。木乃花、真昌君に挨拶なさい」

「益尾木乃花です、よろしく」

前で手を揃えて、髪を揺らしながら頭を下げる。

「あ、えー、安里真昌……です」

真昌は小さくなり、消え入りそうな声で言った。

「何、照れてんだ。そんなことじゃ、警察官になれねえぞ」

楢山がからかう。

「それは関係ないでしょう！」

真昌は真っ赤になって、立ち上がった。

「ちょっと、親父見てきます」

真昌は頭を下げ、そそくさと出て行った。

「真昌君って、おもしろいね」

木乃花が屈託なく笑う。

笑われてるな、真昌——。

竜星は真昌を気の毒に思いつつも、好意があからさまに顔に出たり、したいことをしたいとはっきり口にできたりする真昌の素直さがうらやましいと、心から感じた。

（続く）

本作品は、ｗｅｂサイト「ＢＯＣ」に二〇一九年九月から二〇二〇年二月まで連載された「もぐら新章波濤」を加筆、修正した文庫オリジナルです。

また、この物語はフィクションであり、実在の人物・団体とは一切関係がありません。

中公文庫

もぐら新章《しんしょう》
波《は》 濤《とう》

2020年3月25日　初版発行

著　者　矢《や》月《づき》 秀作《しゅうさく》

発行者　松田陽三

発行所　中央公論新社
〒100-8152　東京都千代田区大手町1-7-1
電話　販売 03-5299-1730　編集 03-5299-1890
URL http://www.chuko.co.jp/

DTP　平面惑星
印　刷　三晃印刷
製　本　小泉製本

Published by CHUOKORON-SHINSHA, INC.
Printed in Japan　ISBN978-4-12-206862-9 C1193

中公文庫既刊より

各書目の下段の数字はＩＳＢＮコードです。978－4－12が省略してあります。

や-53-9
リンクス
矢月秀作

最強の男が、ここにもいた！　動き出す、湾岸の守護神――。大ヒット「もぐら」シリーズの著者が放つ、高速ハード・アクション第一弾。文庫書き下ろし。

205998-6

や-53-10
リンクスⅡ Revive
矢月秀作

レインボーテレビの爆破事故に巻き込まれ世を去った、巡査部長の日向太一と科学者の嶺藤亮。だが、二人は新たな特命を帯びて、再びこの世に戻って来た……⁉

206102-6

や-53-11
リンクスⅢ Crimson
矢月秀作

レインボーテレビに監禁された嶺藤を救出するため駆けつけた日向の前に立ちはだかる、最凶の敵・クリムゾン。その巨大な陰謀とは⁉「リンクス」三部作、堂々完結！

206186-6

や-53-12
リターン
矢月秀作

高校時代、地元で出会った奴らが帰ってきた。「あの日」に復讐するために……。「もぐら」「リンクス」の著者が放つ、傑作バイオレンス・アクション長篇。

206277-1

や-53-13
Ａ《ア》Ｉ《イ》Ｏ《オ》民間刑務所（上）
矢月秀作

20××年、日本で設立・運営される初の民間刑務所「ＡＩＯ第一更生所」。そこに渦巻く経営者、議員、刑務官、囚人たちの欲望を戦慄的に描いた名作、遂に文庫化。

206377-8

や-53-14
ＡＩＯ民間刑務所（下）
矢月秀作

「ＡＩＯ第一更生所」に就職した同期たちが遭遇した惨劇とは……。「もぐら」「リンクス」の著者が描く、近未来アクション＆バイオレンス！〈解説〉細谷正充

206378-5

す-29-1
警視庁組対特捜Ｋ
鈴峯紅也

本庁所轄の垣根を取り払うべく警視庁組対部特別捜査隊となった東堂絆を、闇社会の陰謀が襲う。人との絆で事件を解決せよ！　渾身の文庫書き下ろし。

206285-6

す-29-2
サンパギータ 警視庁組対特捜K
鈴峯紅也
非合法ドラッグ「ティアドロップ」を巡り加熱する闇社会の争い。牙を剝く黒幕の魔の手が、絆の彼女・尚美に忍び寄る⁉ 大人気警察小説、待望の第二弾！
206328-0

す-29-3
キルワーカー 警視庁組対特捜K
鈴峯紅也
「ティアドロップ」を捜索する東堂絆の周辺に次々と闇社会の刺客が迫る。全ての者の悲しみをまとい、絆が悪の正体に立ち向かう！ 大人気警察小説、第三弾！
206390-7

す-29-4
バグズハート 警視庁組対特捜K
鈴峯紅也
ティアドロップを巡る一連の事件は、片桐、金田ら多くの犠牲の末に、ようやく終結した。片桐の墓の前で死を悼む絆の前に、謎の男が現れるが——。
206550-5

す-29-5
ゴーストライダー 警視庁組対特捜K
鈴峯紅也
日本最大の暴力団〈竜神会〉首領・五条源太郎が死んだ。次なる覇権を狙って、悪い奴らが再び蠢き出す——。大人気警察小説シリーズ第五弾。文庫書き下ろし。
206710-3

こ-40-28
孤拳伝(一) 新装版
今野敏
九龍城砦のスラムで死んだ母の復讐を誓った少年・剛は苛酷な労役に耐え日本へ密航。暗黒街で体得した拳を武器に仇に闘いを挑む。〈解説〉増田俊也
206427-0

こ-40-29
孤拳伝(二) 新装版
今野敏
松任組が仕切る秘密の格闘技興行への誘いに乗った剛は、賭け金の舞う流血の真剣勝負に挑む。非情に徹し、邪拳の様相を帯びる剛の拳が呼ぶものとは！
206451-5

こ-40-34
虎の道 龍の門(上) 新装版
今野敏
極限の貧困ゆえ、自身の強靭さを武器に一攫千金を夢みる青年・南雲凱。一方、空手道場に通う麻生英治郎は流派への違和感の中で空手の真の姿を探し始める。
206735-6

こ-40-35
虎の道 龍の門(下) 新装版
今野敏
「不敗神話」の中、虚しさに豪遊を繰り返す凱。「常勝軍団の総帥」に祭り上げられ苦悩する英治郎。その二人が誇りを賭けた対決に臨む！〈解説〉夢枕 獏
206736-3